KB114708

虹日
長賢

장홍관일

월인 新무협 판타지 소설

FANTASTIC ORIENTAL HEROES

장홍관일 7

월인 新무협 판타지 소설

초판 1쇄 찍은 날 § 2011년 7월 27일
초판 1쇄 펴낸 날 § 2011년 8월 3일

지은이 § 월인
펴낸이 § 서경석

편집부장 § 권태완
편집책임 § 주소영

펴낸곳 § 도서출판 청어람
등록번호 § 제1081-1-89호
등록일자 § 1999. 5. 31
어람번호 § 제2-2126호

주소 § 경기도 부천시 원미구 심곡2동 163-2 서경B/D 3F (우) 420-822
전화 § 032-656-4452 팩스 § 032-656-4453
http://www.chungeoram.com
E-mail § chungeoram@chungeoram.com

ISBN 978-89-251-2580-0 04810
ISBN 978-89-251-2064-5 (세트)

7

태동(胎動)

장홍관일

월인 新무협 판타지 소설

FANTASTIC ORIENTAL HEROES

長虹貫日

도서출판
청어람

目次

第七十三章

말로(末路)

장흥관일

바로 등 뒤에서 들려오는 목소리에 허진자는 기절초풍할
듯 신형을 돌렸다.

　　산 아래쪽에서 불어온 세찬 바람 소리가 사방을 뒤덮고 있
었지만 누가 자신의 바로 뒤쪽까지 접근하는 동안 인기척을
감지하지 못하다니……

　　휘익—

　　허진자는 신형을 회전시킴과 동시에 검을 휘둘렀다.

　　목소리는 검의 궤적 안에 있는 것으로 느껴졌다. 그러나 검
끝에는 아무것도 걸리지 않았다. 또한 아무도 보이지 않았다.

　　허진자는 다시 신형을 돌렸다.

그곳에 목소리의 주인이 있었다.

몸에 걸친 것이라고는 허리 어림에 너덜거리는 마포 한 자락뿐인 거의 나체나 다름없는 모습의 인영이었다. 그 인영이 어느새 영진자를 안아 저만치 옮겨놓고 있었다.

허진자는 황당한 심정에 멍하니 괴인영을 쳐다보기만 했다.

우선 외양에서부터 이해가 가지 않았다.

한여름이라면 모르겠지만 낮이라도 쌀쌀함을 느끼는 계절이었다. 그런데도 인영은 흡사 곤륜노(崑崙奴)와 마찬가지의 차림을 하고 있었다. 차림새만 보아서는 광인을 방불케 했지만 차림새와 정반대로 빼어난 용모와 기도가 혼란을 가중시켰다.

그리고 그 움직임!

그건 더욱 이해가 가지 않았다.

기척도 없이 다가와 자신이 신형을 돌리는 속도보다 더 빨리 움직여 사형 영진자를 낚아채 갔다.

그건 단순히 빠르다는 표현만으로는 부족한 움직임이었다.

허진자는 뚫어져라 괴인영을 쳐다보았다.

괴인영은 천천히 걸음을 옮겨 영진자를 바위 옆에 앉혔다.

"자네……."

영진자도 허진자만큼 놀란 눈으로 무영을 쳐다보았다.

"마련을 무너뜨린 자미산이라는 악독한 산공독이지요. 중독 시간은 두 시진에 불과하지만 그 효능은 산공독 중에서 제일 강하다고 하더군요."

곤륜노와 같은 차림의 사내 무영은 산공독의 정체를 익히 알고 있는 듯 영진자에게 그 효능을 설명했다.

"자네… 어떻게 된 건가?"

"다행히 수련을 끝냈습니다."

무영이 빙긋 웃으며 답했다.

"정말… 다행이구만. 그동안 고생 많았네."

영진자는 만면 가득 안도의 미소를 지었다.

탁! 탁!

무영은 영진자의 혈 몇 군데를 두드렸다.

"산공독은 해독이 안 되겠지만 점해진 혈은 일각 안에 풀릴 겁니다."

해혈 수법을 펼친 무영은 영진자의 몸을 살피다가 천천히 신형을 일으켰다.

"장군멍군이군!"

의미를 알 수 없는 말을 중얼거린 무영은 무황성이 있는 쪽을 차가운 눈길로 쳐다보았다.

동굴 안에서 수련을 하며 열흘에 한 번 정도 밖으로 나왔고, 그때는 마소창과 염예령, 부연호를 시켜 여러 가지 일을 꾸며 나갔다.

물론 무황성에 대해서도 모종의 일을 꾸며놓기는 마찬가지다.

자신이 꾸며놓은 일이 지금쯤 성과를 나타내지 않았나 생각했는데 그곳에서도 놀고 있지는 않은 것이다.

'무황성답군.'

속으로 중얼거린 무영은 시선을 돌려 허진자를 쳐다보았다.

허진자의 눈이 어지럽게 흔들렸다.

사형 영진자와 나누는 대화로 미루어 저 곤륜노 같은 차림의 청년이 자신이 제거해야 할 인간임이 분명했다.

계획대로라면 이미 자신의 검에 의해 베어졌어야 하는데 그는 전혀 예상 못한 곳에서 나타나 오히려 자신의 손에서 영진자까지 구해냈다.

절정고수!

허진자의 뇌리에서 세차게 경종이 울렸다.

자신의 이목을 속인 것과 순식간에 뒤를 돌아 사형을 구해간 신법!

그것만 보아도 무공의 수준을 가늠할 수 있었다.

'일각 안에 제압할 수 있을까?'

비록 사형 영진자가 산공독에 중독되었지만 자신이 봉해놓은 혈이 풀리면 내공을 끌어올리지 않은 상태라도 검을 휘두를 수 있다. 영진자 같은 고수라면 내공을 불어넣지 않은 검이라 해도 치명적이다.

허진자는 마른침을 삼켰다.

무당의 몰락을 위한 무황성의 첩자라면 정체가 탄로난 이상 도주해서 무황성으로 가버리면 되겠지만 허진자의 목적은 그것이 아니었다. 어떻게든 자신의 뜻을 관철시켜 무당을 구파일방의 정상에 올려놓는 것이었다. 그러기에 허진자의 선택은 한 가지뿐이었다. 영진자가 해혈되기 전에 무영을 제압해서 사형 영진자와 같이 오늘의 기억을 지워 버리는 것이다.

허진자는 천천히 검을 들어 올렸다.

"난감하군요."

무영이 허진자를 보며 말했다.

막 무영을 향해 검을 휘두르려던 허진자는 눈살을 찌푸리며 무영의 전신을 훑었다.

허리 어림에 걸친 마포 한 자락!

그것은 조금 심하게 몸을 움직이면 금방 흘러내릴 것 같았다. 말 그대로 난감한 차림이었다.

"저 아이의 하의를 벗겨 입게. 속바지를 입고 있을 테니 괜찮네."

허진자가 턱 끝으로 쓰러져 있는 제자 하나를 가리켰다.

무영은 고소를 삼켰다.

지금이 남의 처지 생각해 줄 판국인가?

그리고 무영이 내뱉은 난감하다는 말의 뜻은 그것이 아니었다.

허진자가 일반적인 배신자거나 첩자라면 그냥 처치해 버리면 되겠지만 그는 내통자이긴 해도 배신자는 아니었다. 아울러 첩자라고 하기에도 무리가 있었다.

자기 딴에는 진심으로 사문을 위하고 있었지만 너무 편협했고 위험천만한 방법을 택했다. 그런 그를 보통의 배신자들처럼 단번에 처치해 버릴 수가 없었다.

'화씨세가의 경우와 흡사하군.'

초조한 기색을 숨기지 못하면서도 자신에게 바지를 입을 시간을 주는 허진자를 보며 화연옥의 외삼촌인 오인목을 떠올렸다.

그 역시 화씨세가를 몰락시키려고 무황성과 내통한 것이 아니었다. 단지 지나친 승부욕 때문에 자신이 배신 행위를 하는 줄도 모르고 무황성의 흉계에 빠져든 것이다.

허진자 역시 그런 식으로 당한 것이 분명했다.

그는 산속에서 세상과 담쌓고 사는 도사인지라 오인목보다 더 고지식하여 아직까지도 자신의 행위가 얼마나 위험한 배신 행위인지 인식하지 못하고 있었다.

단순한 배신자를 만드는 것은 쉬운 일이다.

물욕을 자극하거나 가족을 인질로 잡아 배신 행위를 시키게 할 수 있다. 그러나 자신의 행위가 배신인지도 모르는 상태에서 배신자가 되게 만드는 것은 몇 배는 더 어렵다. 또 그런 배신자들은 동기를 쉽게 추측할 수 없기에 찾아내기도 훨씬 더 어렵다.

무황성은 그렇게 고도의 술책으로 배신자를 곳곳에 숨겨 놓았다.

허진자 역시 미리 알고 있지 않았다면 물욕이나 야망, 가족 등에 있어 배신자가 될 동기가 없었기에 찾아내지 못했을 것이다. 그랬다면 지금쯤 산공독에 무영 자신이 중독되어 있을지도 몰랐다.

"그런 방법도 있었군요."

방긋 웃으며 무영은 천천히 청년 한 명의 바지를 벗겨 자신이 껴입었다. 그리고는 자연히 허리 위로 밀려 올라온 마포는 손목에 감았다.

"이젠 자네를 제압해야겠네!"

허진자는 고함과 함께 바람처럼 쇄도해 들었다.

사형 영진자가 완전히 해혈되기 전에 무영을 제압하고 두 사람의 기억을 지워야 한다는 다급한 마음이 그의 표정에 고스란히 드러났다.

쐐애액—

바람이 세차게 찢기며 허진자의 검에서 시퍼런 검기가 뻗어 나왔다. 무영이 절정고수임을 간파한 허진자는 처음부터 전력을 다해 검을 휘두르고 있었다.

무영의 어깨가 슬쩍 흔들렸다. 동시에 그의 신형이 반 발짝 정도 옆으로 이동했다.

파아앗!

허진자의 검기는 거의 머리카락 한 올 차이로 무영의 목을 비켜 허공을 갈랐다.

순간적으로 허진자의 표정이 해쓱해졌다.

이런 식으로 피하는 것은 공격을 모조리 막아내는 것보다 몇 배는 더 어려운 것이다.

"타아!"

허진자는 가일층 세차게 검을 휘둘렀다.

이번에는 일격이 아닌 무당 태청검법(太靑劍法)의 검초를 한꺼번에 펼쳐 냈다.

휘이익—

휘리릭!

태청검법의 면면부절한 검초가 무영의 전신을 난자할 듯 쇄도해 들었다.

베고, 찌르고, 내려치고, 사선으로 그어 올리는 허진자의 검초는 단 한 치의 빈틈도 없이, 그리고 단 한 모금 진기의 낭비도 없이 물이 흘러가듯 너무나 자연스럽게 펼쳐졌다.

사람의 살을 베고 목숨을 취하는 검이었지만 지금 이 순간 허진자가 휘두르는 검은 주변 사물의 일부였다. 완벽히 주변과 동화된 그의 검은 차라리 자연 그대로란 말이 어울릴 정도였다.

바위에 등을 기댄 채 허진자의 검법을 지켜보던 영진자의 눈에 놀란 빛이 떠올랐다.

허진자의 검법은 자신의 예상을 훨씬 뛰어넘고 있었다.

그동안 처소에서 두문불출하며 연구한 허진자의 검법은 더욱 날카로워져 있었던 것이다.

휘이익—

휘리릭—

허진자의 검이 여전히 춤을 추듯 무영을 몰아쳐 갔다.

일단 한번 선기를 잡기 시작한 그의 검은 무영의 신형을 그물망 속에 몰아놓은 것처럼 옭아맸다.

'조금만 더!'

허진자는 마지막 힘을 쏟아부었다.

흡사 바람처럼 신형을 움직이는 청년이지만 언제까지 피하기만 하며 태청검법을 상대할 순 없다. 이대로 조금만 더 몰아치면 잡을 수 있는 것이다.

허진자는 바람 한 점 빠져나갈 틈 없이 옭아매고 몰아쳐 갔다.

'마지막이다!'

허진자의 그물망 같은 검기가 무영의 신형을 완전히 가두었다고 생각하는 순간!

퍼엉! 하는 둔탁한 음향과 함께 그의 검망이 찢어지고 있었다.

허진자는 눈을 부릅떴다.

그냥 놓아두면 머리카락처럼 흐느적거릴 마포 한 자락이 칼처럼 빳빳하게 일어서서 자신의 검이 펼친 그물망을 산산이 찢어발기고 있었다.

잠시 공격을 멈춘 허진자의 눈이 어지럽게 흔들렸다. 그리고는 무영의 오른손에 들려진 마포 자락을 쳐다보았다.

곤륜노처럼 허리 아래쪽을 감쌌던 낡은 마포 자락이었다.

무당 제자의 하의를 벗겨 입으며 허리에서 걷어내 손목에 둘둘 감은 그것이 지금 어떤 청강검보다 더 날카롭고 강하게 자신의 검을 휘감거나 쳐내고 검기를 갈라갔다.

"대체?"

허진자는 믿어지지 않는 사실에 사형 영진자를 쳐다보았다.

영진자의 눈도 허진자 못지않게 놀란 빛을 뿜어내고 있었다.

무영의 지금 수법은 철수공(鐵袖功)이라는 무공을 응용한 것이었다.

소맷자락에 공력을 불어넣어 그것을 빳빳하게 세워 칼처럼 휘두르기도 하고 질긴 채찍처럼 휘감아 사용하기도 하는 수법이었다. 그러나 그것은 어디까지나 하수들에게나 통하는 수법이지 무당의 절정고수를 상대로 가능한 것이 아니었다.

극강의 내력!

그것이 이해 불능의 상황을 만들고 있는 것이다.

찌이잉—

허진자의 검에서 날카로운 금속성이 울려 퍼졌다.

한낱 마포 자락에 자신의 검이 모조리 차단당했다는 사실이 허진자로 하여금 모든 공력을 끌어올려 손에 든 검에 불어넣게 한 것이다.

스르르—

무영은 더 이상 마포 자락으로 허진자를 상대할 수 없다고 생각했는지 손목에 감긴 마포 자락을 풀어 바닥에 던졌다. 그리고는 그 손을 슬쩍 흔들었다.

우웅—

진동음과 함께 쓰러진 무당의 청년들 옆에 나뒹굴고 있던 검이 강풍에 낙엽이 날리듯 무영의 손아귀에 들어왔다.

가공할 격공섭물의 수법이었다. 아울러 그것 역시 극강한 내력을 재인식시켜 주는 모습이기도 했다.

"대체 누군가, 자네는?"

허진자가 상황에 어울리지 않게 불쑥 질문을 던졌다.

"무황성을 상대하겠다고 설치다가 지옥 문턱까지 갔다 온 반풍수지요."

무영의 대답에 허진자의 눈 사이가 좁혀졌다.

무슨 뜻인지 알 수가 없었지만 이 청년 역시 무황성과 관련 있다는 생각이 들었다.

더 나아가 그들을 상대하다가 죽을 뻔했다는 사실도…….

"여기서 저를 꺾는다면 무황성을 상대로 한 장난이 먹혀들수도 있다고 인정해 드리지요. 그렇지 못하다면 대협은 철저하게 이용만 당하고 아울러 대협의 사문까지 위험에 빠뜨릴가망성이 농후합니다."

무영이 검을 들어 올리며 말했다.

허진자의 호흡이 가빠졌다.

이젠 거의 일각이 다 되어가고 있었다. 그리고 시간이 지남에 따라 더욱 강한 좌절감이 엄습해 왔다.

산공독으로 중독시키기 전에는 절대로 상대하지 말라고전서에서 왜 그렇게 강조했는지 이제야 이해가 갔다. 이 청년은 산공독에 중독되었다 할지라도 승리를 점치지 못할 정도로 강한 절대고수였다.

"당신이 삼킨 그 환약은 해독약이 맞습니까?"

검을 앞으로 내민 무영은 허진자의 눈동자를 유심히 쳐다보며 질문을 던졌다.

"무슨 소리냐?"

거친 숨을 내쉰 허진자는 고함을 질렀다. 무영이 자신을 조롱한다고 생각한 것이다.

"무황성의 일 처리 방식치고는 이상한 점이 많아서 하는말입니다. 그들의 자미산은 무색무취인데 굳이 색깔을 넣고 냄새까지 가미한 것이 이해가 안 되는군요."

무영은 고개를 갸웃거리며 허진자가 산공독탄을 던져 넣은 동굴을 쳐다보았다.

그곳에서는 아직도 푸른색 연기가 흘러나와 허공으로 흩어져 나가고 있었다. 그리고 옅은 식초 향 같은 냄새는 산공독과 상관없이 맡아졌다.

무영의 지적에 허진자는 눈살을 찌푸렸다.

대화를 나누는 사이 시간이 자꾸 흐르고 집중력이 흐트러졌기 때문이다.

휘이익—

초조한 마음이 된 허진자는 다시 검을 휘둘렀다.

검이 부딪치는 소리를 듣고 무당의 문도들이 달려올지도 몰랐다. 또한 점혈이 풀린 사형 영진자가 나설 수도 있었다.

쨍—

바라지 않던 금속성이 또 터져 나왔다.

"타앗!"

허진자는 발작적으로 기합성을 터뜨리며 무영을 향해 짓쳐들었다.

쉬이익—

허진자의 쇄도와 동시에 무영의 검도 바람을 가르며 날아들었다.

'화산파?'

허진자의 뇌리가 헝클어졌다.

매화 꽃잎이 흩날리듯 화려하면서도 그 어떤 검보다 날카로운 검!

지금 무영의 검에서 쏟아져 나온 절기는 화산파의 검법이었다.

화산파의 제자가 왜 무당의 수련동에 와 있단 말인가?

그 의문은 뒤이어 펼쳐지는 검법에 의해 갈가리 잘려져 나갔다.

화산검 사이로 펼쳐지는 너무나 패도적이면서도 실전적인 검초!

화산파의 향기가 많이 섞여 있었지만 절대로 화산파의 검법이 아니었다.

매화 향기 사이로 치명적인 죽음의 향기가 스며 나왔고, 화려한 매화 꽃잎 뒤로 독사의 혓바닥이 날름거렸다.

"타아앗!"

허진자는 더욱 큰 고함을 지르며 검을 휘둘렀다.

무황성의 힘을 이용하여 무당파를 구파일방의 제일석에 올려놓는다든지 하는 생각은 깡그리 잊어버렸다.

당장은 지옥의 철망같이 덮쳐드는 이 검초를 뿌리치는 것이 급선무였다.

째째쟁!

검망은 쳐낼수록 더욱 엄중하게 조여들었다.

캉!

캉!

허진자의 검이 튕겨 오르며 파탄이 드러나기 시작했다.

검망에 스며든 내력은 이제 쳐내는 것조차 힘들게 했다.

쨍강!

마침내 허진자는 멍하니 바닥에 떨어진 자신의 검을 쳐다보고 서 있었다.

그사이 점혈이 모두 풀렸는지 바위에 등을 기대고 앉아 있던 영진자가 일어서서 다가왔다.

"사형!"

허진자가 회한 가득한 눈으로 영진자를 쳐다보았다.

비로소 자신의 모습이 선명하게 눈에 들어왔다.

한 자루 검만 들면 무엇이든 가능할 것 같던 하늘같은 포부!

비록 무황성이라 할지라도, 그들이 어떤 흉계를 꾸민다 할지라도 자신의 검으로 모조리 떨쳐 내고 목적한 바를 이룰 수 있을 것 같은 자신감!

지금 보니 그 모든 것은 모래 탑만큼이나 허술한 자만심이었다.

털썩!

허진자는 대사형 영진자 앞에 무릎을 꿇었다.

"제 목을 쳐주십시오, 사형!"

허진자의 눈에서 회한의 눈물이 흘렀다.

영진자는 아무런 말 없이 허진자를 내려다보고 서 있었다.

"괜찮은가, 사제?"

영진자는 걱정 가득한 눈으로 허진자를 쳐다보았다.

방금 무영을 향해 뿌리던 가공할 검초는 허진자 본연의 것이 아니었다.

무언가 비정상적인 힘이 받쳐 주어야만 가능한 것이다.

영진자의 걱정을 증명이라도 하듯 허진자의 입에서 진한 비린내가 맡아졌다.

"사제!"

영진자가 놀란 표정이 되어 고함을 질렀다.

"사형, 왜?"

허진자는 눈을 크게 뜨며 영진자를 쳐다보았다.

휘익―

무영의 신형이 희끗하게 변하며 허진자의 가슴 대혈 몇 군데를 급히 점했다.

허진자는 자신의 온몸이 굳어오는 느낌을 받으며 입을 딱 벌렸다.

그의 입에서 더욱 진한 비린내가 풍겨 나왔다.

"극독 같습니다!"

허진자의 혈 몇 군데를 더 점하던 무영은 빠르게 말했다.

허진자의 코에서도 선혈 한 줄기가 흘러내리고 있었다.

"이, 이런 악독한 놈들!"

영진자는 쥐어짜듯 고함을 지르며 허진자의 상체를 부축했다.

허진자의 안색은 창백하게 변해가고 있었다.

무영이 신속히 혈을 봉한 덕분에 더 이상 독이 퍼지지 않고 있었지만 한시라도 빨리 손을 쓰지 않으면 살아나기 힘들 것 같았다.

"이… 죽일 놈들……."

영진자는 이를 빠드득 갈며 허진자를 내려다보았다.

허진자는 망연한 눈으로 영진자를 마주 쳐다보았다.

비로소 자신의 처지가 인식되어졌다.

위험한 선택인 줄 알면서도 사문을 위해 무황성의 힘을 교묘히 이용하려 했다.

그러나 무황성은 자신의 머리 꼭대기 위에 앉아 있었다. 이용당하는 척하면서 그들은 훨씬 더 교활하게 자신을 이용했으며 이제 이용 가치가 떨어지자 가차없이 극독을 먹게 했다.

"이, 이렇게… 쿨럭!"

허진자의 입에서 선혈이 다시 터져 나왔다. 비린내는 덜했지만 선혈은 더 많았다.

"지금은 아무 말도 하지 말게, 사제! 나중에 모든 것을 밝히세."

다급하게 말한 영진자는 옷소매로 허진자의 입가에 묻은

선혈을 닦았다.

'요화극……'

무영은 지그시 입술을 씹었다.

이름만 겨우 알려진 그놈은 실로 교활하고 치밀했다.

놈은 허진자가 노출되었음을 간파했다. 그래서 이런 식으로 허진자를 제거함과 동시에 무영 자신까지 제거하려 했다.

"어서 본관으로 데려가야……."

허진자의 신형을 들어 올리려던 무영은 우뚝 움직임을 멈추고 일어섰다.

"왜 그러나?"

영진자도 주춤 움직임을 멈춘 채 무영을 쳐다보았다.

무영의 시선이 산중턱 한곳으로 고정되어 있었다.

第七十四章

녹림의 출현

장흥관일

휘익!

휙!

잠시 후 미세한 바람 소리들과 함께 몇 명의 인영이 솟아나듯 모습을 드러냈다.

영진자의 표정에 강한 경계심이 어렸다.

공력을 끌어올리지 못하는 상태지만 다가오는 인물들의 기도는 충분히 느낄 수 있었다.

그들은 하나같이 고수의 기도를 풍기고 있었다.

바람처럼 모습을 드러낸 인영들은 모두 열 명이었는데, 모두 흑의 경장에 복면을 하고 있었다.

"꼴을 보니 제대로 중독된 것 같군!"

제일 앞에 선 복면인이 탁한 음성으로 말했다.

목소리로 보아 노인이 틀림없었다.

'그렇군.'

순식간에 나타난 그들을 보며 무영은 이제껏 의문이 들었던 몇 가지 사실들을 납득할 수 있었다.

무황성이 마련을 무너뜨릴 때 사용했던 산공독은 무색무취로 마련 문도들이 당하는 줄도 모르고 당했다고 들었다. 그런데 허진자가 사용한 독은 색깔도 있었고 시큼한 냄새도 났다.

무색무취의 자미산에 굳이 색깔을 넣고 냄새도 가미한 것은 이들에게 신호탄과 추종향의 역할을 하게 만든 것이다.

인근에서 준비하고 있던 이자들은 독탄이 터지며 흘러나온 연기를 보고 행동을 착수했고, 냄새에 따라 순식간에 이곳으로 달려온 것이다.

무영은 빠르게 그들의 모습을 살폈다.

두터운 복면으로 인해 정체를 파악할 수는 없었지만 눈가의 잔주름과 몇 가닥씩 드러나는 흰 눈썹으로 보아 모두들 중년에서 노년에 이른 인물들 같았다.

한마디로 혈기 방장한 애송이들이 아니라 갈고닦을 만큼 닦은 고수들이란 말이었다.

제일 앞에 선 복면인도 날카로운 눈빛으로 무영의 신색을 살폈다.

무영은 슬쩍 눈빛을 흐리게 만들었다.

"살아 있지만 중독되었다."

노인으로 짐작되는 복면인은 싸늘한 눈빛과 함께 말했다.

무영의 지금 모습은 눈빛뿐만 아니라 웃통을 온통 벗어젖힌 채 바지마저 자기 것이 아닌 듯 짧아 발목이 훤히 드러나고 있었다.

비록 멀쩡하게 두 발로 서서 검은 들고 있었지만 정상적인 상태가 아님이 분명했다.

"게다가 무당장문인까지 중독되었으니 천만뜻밖의 수확이군요."

뒤쪽의 인영이 흥분된 음색을 감추지 못하며 말했다.

천하의 무당장문인을 처치할 기회라는 생각에 복면인의 눈에서 번쩍하고 흉광이 쏟아져 나왔다.

"한 놈은 가만두어도 죽을 터이니 신경 쓰지 말고 어서 두 놈을 처치합시다."

또 다른 복면인이 한층 더 들뜬 목소리로 말했다. 그는 지금의 행운이 도저히 믿어지지 않는다는 기색이었다.

"경거망동하지 마라! 천하의 무당장문인이다!"

복면노인은 짤막하게 말하고 산 아래를 쳐다보았다.

무영과 허진자의 대결 중에 터져 나온 검명을 들었는지 몇 명의 도사들이 빠르게 경공을 펼쳐 산을 오르고 있었다.

그들은 산 아래 폭포 쪽에서 수련하다가 검명을 듣고 달려오는 청년 도사들이었다.

"너희는 올라오는 놈들을 막아라!"

"복명!"

네 명의 복면인이 아래쪽을 향해 바람처럼 신형을 날렸다.

"영진자와 함께 놈을 처치하고 떠난다!"

복면노인이 사형선고를 하듯 지시를 내렸다.

쟁!

쟁!

다섯 명의 복면인이 일제히 검을 빼 들며 시린 양광을 반사시켰다. 그리고는 순간의 망설임도 없이 무영과 영진자를 향해 쇄도해 들었다.

휘익!

무영은 슬쩍 걸음을 옮겨 영진자와 허진자의 앞을 막으며 검을 휘둘렀다.

찌이잉!

"피해!"

무거운 검명과 다급한 경호성이 거의 동시에 터져 나왔다.

파앗—

뒤이어 한줄기 피보라가 허공으로 솟구쳐 올랐다.

"이, 이게?"

왼쪽 가슴 한복판이 뻥 뚫린 복면인이 불신 가득한 눈으로 자신의 가슴을 쳐다보았다.

무언가 심장이 철렁하는 느낌밖에 없었는데 자신의 심장은 뻥 뚫린 채 등줄기까지 관통되어 앞뒤로 선혈을 뿜어내고 있었다.

그런데도 아직까지 아무런 통증도 느껴지지 않았다. 하지만 온몸에서 빠르게 생기가 빠져나가는 기분은 신랄할 정도로 선명하게 느껴졌다.

쿵!

가슴이 꿰뚫린 복면인은 여전히 불신 가득한 눈으로 복면노인을 쳐다보며 바닥으로 쓰러졌다.

"놈!"

복면노인이 씹어뱉듯 고함을 지르며 무영을 쳐다보았다. 산공독에 중독된 듯 흐릿하게 뿜어져 나오던 안광은 씻은 듯 사라지고 심연처럼 가라앉은 두 눈은 도저히 깊이를 헤아릴 수 없었다.

철렁!

순간적으로 노인의 심장이 무너져 내렸다.

차라리 날카로운 예기라도 뿜어져 나온다면 호승심이 끓

어오르겠지만 무영의 눈은 자칫 발을 잘못 디디면 끝없이 추락하는 무저갱 같이 텅 빈 기운을 내포하고 있었던 것이다.

"놈은 절정고수다! 함부로 접근하지 마라!"

복면노인은 벼락 치듯 고함을 쳤다.

해괴한 차림새와 흐릿한 눈빛은 방심을 노린 연막이었다. 그 방심을 틈타 놈은 너무나 쉽게 동료 한 명을 처치했다.

노인의 눈이 번쩍 빛을 토했다.

"간교한 놈, 잘도 속였구나!"

복면노인은 이를 빠드득 갈며 으르렁거렸다.

"비록 눈빛은 속였지만 당신들처럼 얼굴 전체를 속이지는 않았소."

무영은 슬쩍 입가를 비틀며 대꾸했다. 복면 쓴 주제에 무슨 말이 많으냐는 뜻이다.

"이, 이놈!"

노인의 복면이 부르르 떨렸다.

"이런 쳐 죽일 놈!"

복면노인 뒤에 서 있던 한 명이 와락 앞으로 나섰다.

스윽!

무영이 다시 검을 들어 올렸다.

"헛!"

앞으로 나서던 복면인이 경호성을 지르며 상체를 비틀었다.

아까처럼 검기는 쏘아져 나오지 않았다. 대신 무영이 들어 올렸던 검을 세차게 그어내렸다

파파팍!

땅거죽 한 자락이 터져 오르며 바닥에 긴 고랑이 파여갔다. 그 고랑의 궤적에 있던 복면인 하나가 기겁을 하며 허공으로 솟구쳤다.

휘익—

무영이 허공으로 뜬 복면인을 향해 검을 던졌다.

검은 무시무시한 속도로 회전하며 복면인의 목을 잘라갔다.

"하앗!"

복면인이 허공에 뜬 상태에서 필사적으로 검을 내려쳤다.

까가강!

섬뜩한 쇳소리와 함께 복면인의 검이 산산조각났다. 뒤이어 그 검을 들고 있던 팔도 산산조각나며 피보라와 함께 허공에 뿌려졌다.

"크으윽!"

허공에서 외팔이가 된 채로 땅에 내려선 복면인은 뒤늦게 비명을 지르며 바닥에 나뒹굴었다. 무영은 바닥에 떨어져 있

던 또 한 자루의 검을 향해 손을 뻗었다.

우우웅!

아까와 마찬가지로 검은 낙엽이 바람에 날리듯 떠오르며 무영의 손에 들어왔다.

시간을 끌어서 좋을 게 없다. 늘어진 시간 속에서 내력을 끌어올릴 수 없는 영진자가 위험해질 수도 있고 또 중독된 허진자는 손 한 번 써보지 못하고 죽을 것이다.

손에 잡힌 검을 한 바퀴 휙 돌린 무영은 한 걸음 앞으로 나섰다.

마치 한 마리 대호가 동굴에서 튀어나오는 듯한 느낌에 복면인들이 주춤 뒤로 물러났다.

복면노인의 눈빛이 낮게 가라앉았다.

단순한 고수의 수준이 아니다. 저런 정도면 절정이라는 말도 부족한 수준이다.

방심!

아까는 분명히 방심했다.

그런데 왠지 방심한 것이 아니라는 생각이 들었다.

장난하듯 들어 올린 검에서 송곳처럼 뻗어 나온 가공할 검기!

방심하지 않았더라도 막을 수 있었을까?

"모두 한꺼번에……."

"네놈들 상대가 아니다!"

중년으로 느껴지는 목소리를 복면노인이 단호하게 잘랐다.

한꺼번에 달려들어 봐야 오히려 이적 행위만 될 뿐이다. 흩어져서 영진자와 허진자를 동시에 공격하여 신경을 분산시키는 것이 나았다.

중년인도 뒤늦게 그것을 깨달았는지 잔뜩 경계하는 모습과 함께 천천히 옆으로 돌아 충분한 거리를 두며 포위망을 형성했다.

"정신 차리게, 사제!"

허진자의 상태가 좀 더 위중해졌는지 영진자가 다급하게 고함을 질렀다.

그것을 본 복면노인이 다른 복면인에게 눈짓을 했다. 먼저 그쪽을 공격하여 무영의 신경을 분산시키라는 지시였다.

복면노인의 지시를 받은 다른 복면인 한 명이 섬전처럼 검을 휘두르며 영진자를 향해 짓쳐들었다.

그 순간 무영의 신형이 그 자리에서 꺼지며 영진자의 앞쪽에서 솟아올랐다.

그것은 흡사 유령을 방불케 하는 모습이었다.

"엇!"

갑자기 전면에서 솟아오르는 무영을 보며 영진자를 공격하려던 복면인이 경호성과 함께 검을 휘둘렀다.

쳉!

검이 튕겨나며 복면인의 신형이 주춤 뒤로 밀렸다.

"자, 장문 사백!"

허진자에 의해 쓰러져 있던 무당의 청년 하나가 비로소 정신을 차리고는 대경한 눈으로 사방을 살폈다.

쓰러졌을 때도 이해 불능의 상황이었는데 지금은 더욱 그랬다.

시커먼 선혈을 흘리며 쓰러져 있는 허진자와 해쓱한 표정의 장문인, 그리고 정체를 알 수 없는 다른 사람은 청년의 뇌리를 쑥대밭으로 만들었다.

"사제, 정신 차리게!"

청년은 다급히 다른 청년 두 명을 깨웠다.

"사, 사형! 이게 어찌 된……!"

두 명의 청년도 정신을 차리고는 놀란 눈을 하며 허진자를 안고 있는 영진자 곁으로 모여들었다.

"너희는 어서 허진자를 본관으로 옮겨 치료를 하거라!"

영진자는 세 명의 청년을 향해 다급하게 고함을 질렀다.

"장문인께선?"

청년 하나가 걱정스런 눈으로 영진자를 쳐다보았다.

무영이 적인지 아군인지 알지 못하는 그는 이곳에 영진자 혼자 두고 갈 수가 없었던 것이다.

"여긴 걱정 말고 어서 가거라! 어서!"

영진자의 추상같은 고함에 세 명의 청년은 허진자를 업고 산 아래로 걸음을 옮겼다.

댕댕댕!

무당 본산에서도 비로소 적도의 침입을 알았는지 경종이 세차게 울렸다.

경종 소리를 들은 복면노인의 눈이 차갑게 가라앉았다.

속전속결로 일을 처리하고 사라질 생각이었는데 까닥 잘못하다간 무당의 포위망 속에 빠지고 말 것 같았다.

"네놈만은 죽이고 떠나겠다."

복면노인이 악령 같은 목소리로 중얼거렸다. 또한 그의 눈에서도 푸르스름한 기운이 도는 안광이 뻗어 나왔다.

"하앗!"

기합성을 터뜨린 복면노인의 신형이 훌쩍 허공으로 뛰어올랐다.

쉬이익!

허공에 뜬 상태에서 복면노인의 검이 태산압정의 수법으로 떨어져 내렸다.

파츠츠츠!

복면노인의 검에서 시퍼런 불길이 쏟아졌다.

'귀마혼세(鬼魔混世)?'

무영의 눈살이 찌푸려졌다.

지금 복면노인의 검에서 쏟아지는 검초는 마도의 무공인

귀마혼세였다. 많이 변형되긴 했지만 그것이 분명했다. 부연호를 통해 이미 견식한 적이 있었기에 착각할 리가 없었다.

'마도인들이 익혀야 할 마도의 무공을 이자들이……'

복잡한 심정이 되었지만 지금은 노인의 검을 막는 것이 우선이었다.

파아앗—

무영의 검이 세차게 흔들리며 앞으로 뻗어나갔다.

이미 알고 있는 검초에 파훼법도 익히고 있었다.

째째쩽!

연속적인 쇳소리와 함께 시퍼런 검기를 뿌리던 복면노인의 검이 철벽을 두드린 것 같은 소음을 토해냈다.

"이, 이럴 수가?"

자신의 검초가 단 한 가닥도 남김없이 막히자 복면노인의 눈에서 세차게 뻗어 나오던 녹광이 뱀 꼬리처럼 순식간에 사라지고 짙은 불신의 빛이 그 자리를 대신했다.

"네놈이 어떻게?"

복면노인의 눈이 의혹으로 물들었다.

"무황성의 교룡각에서 그런 수법을 배운 것이오?"

무영도 맞받아 질문을 던졌다.

복면노인이 흠칫 신형을 굳혔다.

"기필코 죽여야 할 놈이로고."

"반대로 난 당신을 기필코 살려야겠소."

파앗—

말을 마친 무영은 촌각의 지체 없이 검을 휘둘렀다.

찌이잉!

무영의 검에서 길쭉한 검기가 솟아났다. 그리고 다음 순간 시퍼렇게 뻗어 나온 검기는 커다란 덩어리가 되어 앞으로 터져 나갔다.

검기성강(劍氣成罡)!

검기가 극에 이르면 유형의 강기가 되어 뻗어나가게 된다.

지금 무영의 검에서 터져 나오는 것은 바로 검강이었다.

"피해라!"

복면노인이 고함과 함께 비조처럼 몸을 날려 강기의 덩어리를 향해 검을 내리그었다.

콰앙!

양광을 차단할 만큼 강한 빛의 폭발이 일어났다. 그리고 그 빛은 포탄의 파편처럼 앞으로 터져 나갔다.

공포에 질린 눈빛을 한 복면인들이 자신을 향해 터져 오는 빛무리를 향해 미친 듯이 검을 휘둘렀다.

치치칭!

칭—

검과 검이 부딪치는 쇳소리가 아닌 검이 세찬 기파에 공명하여 울리는 음향이 연속으로 터져 나왔다.

"크윽!"

"큭!"

두 명의 복면인이 허리 어림과 어깻죽지에 구멍이 난 채 선혈을 쏟고 있었다.

"이, 이런!"

복면노인의 입에서 불신 가득한 음성이 터져 나왔다.

순식간에 부하 한 명은 심장이 관통된 채 죽고 다른 세 명은 회복 불능의 상처를 입었다.

"당신에게 그 검초를 넘긴 사람이 내 얘기를 제대로 안 해준 모양이군. 하긴, 대무황성의 성주가 미친 당나귀가 되었다는 말은 해준다 해도 믿을 사람이 없겠지만."

입꼬리를 비틀며 한 조각 조소를 흘린 무영이 입술을 움직였다.

"하지만, 사실은 사실!"

파아앗!

말이 끝남과 동시에 무영의 신형이 공간 속으로 파고들었다.

공간이 세차게 찢기며 그 사이로 무영의 모습이 다시 나타났다.

"하앗!"

복면노인이 기합성을 터뜨리며 검을 휘둘렀다.

옆에 있던 복면인도 같이 검을 휘둘렀다.

"여전히 느려!"

조롱기 어린 음성이 울려 퍼졌다.

촤아악!

무영의 신형이 병풍처럼 펼쳐지며 두 복면인을 그물에 감싸듯 한꺼번에 몰아쳐 갔다.

"어헉!"

복면노인을 따라 검을 휘둘러 가던 중년의 복면인이 경호성을 터뜨렸다.

사방에서 조여드는 환영들!

어느 것이 실체이고 어느 것이 환영인지 도저히 구별되지 않았다.

모두가 실체 같았고, 어느 것 하나 살기가 안 느껴지는 것이 없었다.

중년의 복면인은 필사적으로 검을 휘둘렀다. 그러나 검끝에서 걸리는 것은 허상이었다.

그런데 그 허상의 팔에서 불쑥 튀어나온 검이 목 어림을 스치고 지나갔다.

화끈한 열감 한줄기가 목을 관통했다. 그리고 망막을 덮쳐드는 하얀 빛무리!

그 빛무리는 순식간에 암흑으로 변하며 끝내는 아무것도 보이지 않았다.

툭—

몸에서 분리된 중년 복면인의 머리가 복면노인의 발 앞에 떨어져 내렸다.

뒤이어 피분수와 함께 몸뚱어리가 통나무처럼 뒤로 넘어갔다.

무영은 무심한 눈으로 일련의 장면들을 쳐다보다가 노인에게로 시선을 돌렸다.

복면노인이 주춤 뒤로 물러섰다. 아무런 감정이 담기지 않은 눈이 더욱 공포를 자아내게 했다.

"이 마귀 같은 놈!"

한쪽 팔이 산산조각이 난 채 바닥에 주저앉아 있던 복면인이 이를 악물며 다른 손으로 검을 쥐고 일어섰다.

피식!

무영이 다시 입꼬리를 비틀며 조소를 피워 올렸다.

"용기는 가상하지만……."

무영의 검이 다시 허공을 갈랐다. 팔이 잘린 사내의 가슴을 길게 가른 검기가 더욱 시퍼렇게 솟아올라 복면노인의 허리를 양단할 듯 쇄도해 갔다.

이미 극에 이른 경각심을 느끼고 있던 노인이 사력을 다해 검을 휘둘렀다.

노인의 검에서도 검기가 솟아올랐다.

검기와 검기가 충돌하며 장력이 마주쳤을 때처럼 폭음이

터져 나왔다. 그 폭음 속에서 또 다른 폭음 한줄기가 같이 터졌다.

검을 휘두르던 무영이 왼손으로 장력을 터뜨리며 나는 소리였다.

노인의 눈빛이 어지럽게 흔들렸다.

강한 검기에 섞인 강력한 장력!

이건 마치 첩첩산중이란 말이 어울리는 상황이었다.

복면노인은 단전에 있는 내력을 한 점 남김없이 모조리 끌어올렸다.

노인의 목구멍에서 비릿한 피 냄새가 솟구쳤다.

숨 돌릴 틈도 없이 반복해서 바닥까지 내력을 끌어올리는 바람에 혈맥 한 가닥이 터진 모양이었다. 그리고 그것은 검초의 파탄을 몰고 왔다.

퍼억—

노인의 가슴 어림에서 파육음이 터졌다.

다 자르지 못한 장력 한줄기가 가슴 한곳을 두드린 것이다.

"으윽!"

비명을 삼키며 주르르 뒤로 밀려가던 노인이 필사적으로 신형을 바로 세웠다.

"쿨럭!"

노인의 입에서 굵은 선혈 한 줄기가 터져 나왔다.

노인은 입가에 흐르는 선혈을 닦을 새도 없이 다시 검을 쳐들어야만 했다.

검기와 장력을 동시에 뿌렸던 무영의 신형이 마치 유령이라도 된 듯 코앞으로 육박하고 있었다.

휘익—

노인이 사력을 다해 휘두른 검이 더 이상 전진하지 못하고 중간에서 멈추었다.

한발 앞서 날아든 무영의 검이 노인의 목덜미에 닿아 있었다. 그곳에서 스며드는 시린 기운이 노인의 몸을 경직되게 만들었다.

파앗!

무영의 검이 다시 춤을 추며 노인의 복면을 잘라냈다.

대머리에다 왼쪽 얼굴에 긴 칼자국이 나 있는 노인이었다. 또한 빛이 반사되는 대머리에는 붉은색의 뱀 문신이 새겨져 있었다.

'저놈은?

영진자의 눈이 가늘어졌다.

노인의 대머리에 새겨진 붉은색 뱀 문신이 옛 기억을 되살렸다.

독두홍사(禿頭紅蛇) 반소(潘疎)!

그는 소싯적에 신강 땅에서 한 자루 검으로 악명을 떨치던 인물이다.

나이 사십 줄에 중원으로 흘러들어 와 당시 산동성에서 명성을 날리던 유씨세가 장남 유운봉(劉雲奉)과 시비가 붙어 그를 죽였다. 그리고는 유씨세가 사람들의 추적을 받다가 녹림 십팔채로 숨어들었다고 들었다.

그 뒤 이십여 년 동안 죽었는지 살았는지 소식도 듣지 못했는데 오늘에야 모습을 드러낸 것이다.

'대체 저자가 왜 이곳에 나타났단 말인가?'

영진자의 뇌리가 헝클어졌다.

사제 허진자를 해하고 무영을 노린 것으로 보아 이놈들은 무황성의 주구들이 틀림없다. 그런데 복면 속에서 드러난 얼굴은 무황성과는 상관없는 녹림의 인물이었다.

'그렇다면 최근 장강수로타와 녹림십팔채에서 일어난 일이 무황성과 관련이 있다는 말인가?'

자연스럽게 떠오른 생각과 함께 영진자의 표정이 먹구름처럼 어두워졌다.

"이, 이놈!"

노인은 자신의 복면이 잘린 것도 인식하지 못한 듯 망연한 눈으로 무영을 쳐다보았다.

애초에 상대가 아니었다. 이 정도라면 성주가 오지 않는 한 힘들 것 같았다.

파파팍—

무영은 노인의 목과 가슴 혈 몇 군데를 건드려 점혈을 했다.

노인이 뻣뻣하게 굳어 뒤로 넘어갔다.

"이자를 좀 맡아주십시오. 알아낼 것이 있습니다."

쓰러지는 독두홍사 반소의 허리를 잡아 영진자 앞에 눕힌 무영은 아래쪽을 쳐다보았다.

검명을 듣고 먼저 산을 오르던 무당의 청년들이 네 명의 복면인과 치열한 접전을 벌이고 있었다. 하지만 복면인들의 잔인한 손속에 바닥에 쓰러진 청년들도 눈에 띄었다.

휘익—

무영은 검을 한번 휘둘러 검에 묻은 피를 떨쳐 낸 후 아래쪽으로 신형을 날렸다.

"대살성이 탄생한 것은 아닐지……."

무영이 사라진 후 영진자는 탄식처럼 중얼거렸다.

추호의 망설임 없이 복면인들을 베어버리는 무영의 손속은 살성이나 마찬가지였다.

영진자의 가슴이 납덩이를 올려놓은 것처럼 무거워졌다. 그리고 선인봉 산자락에서 무영이 운기를 할 때 그의 정수리에서 피어오르던 암흑색 기운을 떠올렸다.

쳐다보는 것만으로도 숨이 턱 막히게 만들던 기운!

조금 전의 모습을 보니 그것이 무영을 정복한 것이 아닌가 하는 생각에 못내 걱정이 되었다.

"어쩌면……."

어쩌면 지금은 그런 살성이 필요한 시기일지도 몰랐다.

사제 허진자의 처참한 모습을 떠올리며 영진자는 입술을 깨물었다.

휘익!

몇 번의 도약과 함께 아래쪽에서의 접전이 눈앞에 들어왔다. 무당 문도들이 더 많았지만 복면인들의 무공이 훨씬 강한 듯 무당의 청년 네 명이 이미 쓰러져 있었다. 한 명은 어깨에 큰 자상을 입고 검을 떨어뜨린 채 뒤로 급급히 물러나고 있었다.

복면인 하나가 끝까지 죽여야 직성이 풀리겠다는 듯 뒤로 물러나는 청년을 향해 검을 찔러들었다.

우우웅!

허공에 뜬 무영의 손에서 가을 아침의 서리 같은 새하얀 강기가 일렁거렸다.

파앙!

강기 덩어리가 섬전처럼 복면사내의 등을 향해 쏘아졌다.

뒤로 물러나던 청년의 가슴에 막 검을 쑤셔 넣으려던 복면인이 신속히 신형을 회전시키며 서릿발 같은 기운을 쳐나갔다.

까앙!

복면인의 검에서 바위를 두드리는 듯한 검명이 터져 나

왔다.

그러는 사이 무영은 접전의 전권에 내려섰다.

잠시 격전이 소강상태로 접어들었다. 그리고는 모든 시선이 무영에게 고정되었다.

여전히 알몸인 상체에 발목까지 말려 올라간 바지 차림이었다. 그 모습은 복면인들에게는 물론 무영의 존재를 알지 못하는 무당의 청년들에게도 혼란을 야기했다.

그러나 혼란은 길게 이어지지 않았다.

무영의 신형이 희끗하며 사라진 순간 무영의 왼쪽에 있던 복면인 하나가 피를 뿜으며 바닥을 뒹굴었다. 그의 눈에는 자신에게 벌어진 상황을 전혀 이해하지 못하는 빛이 역력히 내비쳤다.

퍼억!

섬뜩한 파육음이 터지며 또 한 명의 복면인이 용수철에 튕기듯 뒤로 날아갔다.

"철수해라!"

무영의 등장과 함께 위쪽의 상황을 유심히 살피던 복면인 하나가 남은 동료를 보고 고함을 쳤다.

영진자와 함께 중독되어 쉽게 처치할 수 있을 줄 알았던 무영이 이곳에 나타났다는 것은 위쪽의 동료들이 모두 당했다는 말이다.

다른 사람은 모르겠지만 자신들을 이끌고 온 반 노야!

그가 당했다면 자신들은 사냥꾼이 아니라 사냥감이 되고 만 것이다.

휘익—

고함을 지른 사내가 먼저 신형을 날렸다. 뒤를 이어 나머지 복면사내들도 허공으로 솟구쳐 올랐다.

쌔애액!

무영의 검이 세차게 반원을 그렸다.

파아앙!

반원을 그리던 검이 폭발음과 함께 터져 나가며 수많은 쇳 조각이 되어 허공으로 솟구치는 두 사내를 덮쳐 갔다.

대경실색한 사내들이 허공중에서 비룡번신의 수법을 펼치 며 신형을 뒤집었지만 우박처럼 쇄도해 드는 검 조각들은 순 식간에 사내들의 몸 곳곳에 박혀들거나 관통했다.

"크아악!"

"크윽!"

두 줄기 처절한 비명성과 함께 복면사내 두 명이 끈 떨어진 연처럼 바닥으로 추락했다.

위태로운 상황은 모두 종식되었지만 장내에는 내리누르는 듯한 무거운 정적이 깔렸다.

무당산과는 너무도 어울리지 않는 처참한 살육과 함께 자 욱하게 피어오르는 혈향이 청년 도사들을 얼어붙게 만든 것 이다.

휘익!

휘익—

옷자락을 펄럭이는 바람 소리가 정적을 깨뜨렸다.

다급한 경종 소리를 들은 무당 본산의 도인들이 몸을 날려 산을 올라오고 있었다.

"대체 무슨 일이냐?"

제일 앞선 중년 도사가 고함을 치며 장내로 내려섰다.

일대제자로 영진자의 사제이자 장경각의 각주 직을 맡고 있는 우진자(又眞子)였다. 그의 뒤를 따라 몇몇 중년 도인과 젊은이들이 장내로 날아 내렸다.

그들은 처참한 모습으로 쓰러져 있는 복면인들을 놀란 눈으로 쳐다보다가 무영에게로 눈길을 돌렸다.

"대체 어떻게 된 일인가?"

무영의 존재를 알고 있던 우진자는 황망한 눈빛과 함께 물었다.

"제 목을 노리고 온 자객들 같습니다. 그리고… 장문인과 허진자께서 중독을 당했습니다."

무영의 대답에 대경한 우진자와 다른 무당 문도들이 위쪽을 향해서 몸을 날렸다. 나머지 청년들은 부상자들을 응급처치하고 장내를 정리하기 시작했다.

"사부!"

"사제!"

잠시 후 마소창과 허복양이 놀란 눈으로 달려왔다.

수련동 쪽에 침입자가 있다는 말을 들은 그들은 직감적으로 무영을 노린 자라는 생각과 함께 달려온 것이다.

"공자님!"

염예령도 놀란 눈으로 달려와 무영을 부르다 무영의 벗은 상체를 보고는 얼른 등을 돌렸다.

"괜찮습니까, 사부?"

마소창이 무영의 전신을 훑으며 물었다.

"난 괜찮다."

"그런데 옷은?"

"수련 도중에 터져 나간 것이다."

"그렇다면 다행입니다!"

안도의 한숨을 내쉰 마소창은 급히 자신의 겉옷을 벗어 무영의 상체에 걸쳤다.

"사제… 성공했구먼!"

무영의 몸에서 풍기는 기도를 세심하게 읽던 허복양이 함성이라도 지를 듯한 표정으로 말했다.

"모두 사형 덕분입니다."

무영은 환한 미소와 함께 고개를 끄덕거렸다.

"정말 다행이네. 수고 많았네. 그리고 정말 고맙네. 이제야 비로소 우리 상문은 강호의 밝은 햇살 아래에서 마음껏 숨 쉬며 살 수 있게 됐네. 내 대에서 상문의 오랜 숙원이 풀렸으니… 이젠 죽어도 여한이 없네."

허복양은 두 눈 가득 감격의 눈물을 흘리며 무영을 얼싸 안았다.

"사형……."

무영은 완전히 노인이 된 허복양을 쳐다보며 길게 한숨을 내쉬었다.

상문 무공의 약점을 완전히 극복한 자신의 능력으로도 허복양을 예전의 모습으로 되돌릴 수 있을지 자신할 수 없었다. 그건 무공의 고하로 해결될 문제가 아니었다. 천우신조로 절세의 영약이라도 얻는다면 가능성이 있을지 모르겠지만 지금으로서는 아무것도 자신할 수 없어 안타까운 마음만 가득할 뿐이었다.

"어서, 어서 내려가서 떠날 준비를 하세. 한시라도 빨리 조사전으로 가서 조사님들께 이 기쁜 소식을 고하고 문파를 재건하도록 하세."

허복양은 숨을 몰아쉬며 무영을 재촉했다.

"지금 떠나겠단 말인가?"

복면인들을 처치하고 산을 내려온 다음날 아침 일행과 함께 떠날 의사를 밝힌 무영을 보며 영진자는 당황한 표정을 지었다.

이젠 산공독도 해독이 되고 그동안 어떤 성과가 있었는지,

또 앞으로 무엇을 할 것인지 며칠 밤을 새워 대화를 나누어도 모자랄 것 같았는데 무영은 차 한 잔 나눌 시간도 주지 않고 떠나려 하고 있었다.

"할 일이 많습니다."

무영이 차분한 음성으로 말했다.

"그리고 무당에서 입은 은혜는 결코 잊지 않겠습니다!"

무영은 영진자를 향해 깊숙이 고개를 숙였다. 그를 따라 허복양과 마소창, 그리고 염예령도 같이 고개를 숙였다.

"허어!"

영진자는 탄식을 터뜨렸다.

바람처럼 왔다가 바람처럼 떠난다는 말은 이런 경우를 두고 하는 말 같았다. 그리고 그런 바람은 어떤 수단으로도 잡을 수 없었다.

"그래, 어디로 갈 생각인가?"

영진자는 긴 한숨과 함께 물었다.

"우선은 문파로 돌아갈 생각입니다."

무영이 답하자 영진자의 눈이 빛을 발했다.

상문이란 문파는 오래전에 사라졌다고 알고 있다. 물론 상문의 후예가 지금 눈앞에 있으니 그게 아니라는 것은 확실하지만 상문이 세상 밖으로 모습을 드러낸다는 사실은 흥분을 감추지 못하게 했다.

"자네 문파는 어디에 있는가? 중원에 있기는 한가?"

영진자가 조심스럽게 물었다.

"조사전만 중원 복판에 있습니다. 문도들은 감숙성의 끝자락인 옥문관 근처에 있지요. 채 열 명도 안 되지만 전갈을 보냈으니 몇 달 후에는 중원으로 올 것입니다."

무영이 그리움이 이는 음성으로 답했다.

"모두 자네 같은 사람들인가?"

영진자의 눈빛이 더욱 강하게 빛났다.

무영 하나만이라도 무림이 뒤흔들릴 정도다. 그런데 다른 상문 제자들도 무영과 같다면 강호는 완전히 뒤집힐지도 모른다.

"그랬다면 그놈들이 파황객 조사님의 동굴로 가겠지요."

허복양이 대답을 대신해 주었다.

대답을 하며 떠올린 그의 표정으로 보아 그가 말한 '그놈들'은 썩 마음에 들지 않는 모양이었다. 지금 허복양의 표정은 마치 사고뭉치들을 떠올릴 때나 내보이는 표정이었다.

"그렇구면."

영진자는 고개를 끄덕였다.

천하의 상문도 사람이 만든 곳이니 제각각의 성정을 가지고 있을 터였다. 또한 무영 같은 사람은 한 시대를 통해 한두 명뿐일 것 같았다.

"그럼 이만 가보겠습니다."

무영은 영진자를 향해 다시 한 번 고개를 깊숙이 숙인 후 등을 돌렸다.

허복양과 마소창, 염예령도 허리를 깊이 숙인 후 무영을 따랐다.

第七十五章

출관(出關)

장홍관일

"하나를 만들기 위해서는 제일 먼저 무엇을 해야 할까?"

남쪽 한 방향으로만 작은 창문이 있고 다른 곳은 모두 밀폐된 실내에서 남자인지 여자인지 분간하기 힘든 목소리가 울려 퍼졌다. 그의 외모 역시 밀랍을 칠한 듯 남자인지 여자인지 분간이 되지 않았다.

"글쎄요. 그러려면 우선은 둘을 먼저 만들어야 하지 않을까요?"

밀랍 얼굴을 한 인영의 맞은편에 앉은 사내가 빙긋 미소를 지으며 답했다.

지극히 평범한 외모에 서생 차림의 사내였다. 어느 곳 하나

특별히 기억될 만한 것이 없어 마주치고 잠시 지나면 전혀 얼굴이 기억나지 않을 그런 사내였다.

"하하! 역시 자네야!"

밀랍 얼굴의 인영이 경쾌하게 웃으며 말했다. 그러나 얼굴에는 그 어느 곳에도 웃음의 흔적이 나타나지 않았다.

"그럼 둘을 만들려면 또 어떻게 해야 하나?"

밀랍 얼굴의 인영은 다시 질문을 던졌다.

"셋을 만들어야지요."

서생 차림의 사내는 당연하다는 듯 말했다.

"그렇다면 그 세 개는 어느 곳인가?"

"마련과 사도맹이 사라진 지금은 흑도와 백도, 그리고 우리지요."

서생 차림의 사내가 단언하듯 답했다.

"확실한가?"

"거의 확실합니다."

"거의라……."

밀랍 얼굴의 인영이 말꼬리를 길게 끌었다. 무언가 마음에 들지 않는 모양이었다.

"지금쯤은 거의가 아니라 완벽히 셋으로 되어 있어야 하지 않나?"

밀랍 인영의 음성이 차갑게 얼어 있었다.

"그렇긴 합니다. 하지만 계획은 언제나 변수가 생기게 마런이고, 그 변수마저 이용하는 것이 우리 외밀원의 능력이 아니던가요?"

서생 차림의 사내는 빙긋 미소를 지었다.

"자네의 말솜씨는 당할 재간이 없군."

밀랍 얼굴의 인영이 고개를 절레절레 저은 후 다시 입을 열었다.

"그 변수란 파황객의 후예 그놈이겠지?"

"그렇습니다. 그놈이 설쳐대며 밀각주가 당했고, 조양방과 화씨세가의 일이 수포로 돌아갔으며, 화산에서의 움직임도 원활하지 못합니다."

서생 차림의 사내는 입맛을 세차게 다셨다.

"그래서, 그렇게 당하고만 있진 않았겠지?"

"물론입니다. 그놈과 함께 무당에서의 꼬리를 자를 계책을 세워놓았습니다. 아마 조만간에 소식이 올 것입니다."

"그렇다면 더할 나위 없이 다행이겠지만 놈은 파황객의 후예일세. 절대로 방심해서는 안 되네."

밀랍 얼굴 인영의 음성이 신중해졌다.

"놈이 반송장이 되어 무당으로 갔으니 아직은 제대로 힘을 쓰지 못할 것입니다. 처음부터 놈이 무당으로 간 것을 알았다면 조금 더 일찍 손을 썼을 터인데… 간교한 놈들이 화산으로 향했다고 헛정보를 흘리는 바람에 시간을 낭비했지요."

서생 차림의 사내는 분기가 이는 기색으로 목소리를 높

였다.

"그들도 바보들만 있는 것은 아니니까."

"어쨌든 조만간 세상은 완벽하게 셋이 되고 그중 둘은 피 터지는 대결을 벌이게 될 겁니다."

"그 선봉은 물론 이곳과 이곳이 되겠지?"

밀랍 얼굴의 인영은 지도 위의 어느 지점들을 가리켰다.

커다란 벽면에 그 벽면을 가득 채울 만큼 큰 지도가 걸려 있었다.

중원 전역을 그린 중원전도였다.

두 개의 큰 강을 비롯해 여러 개의 산맥 모양이 최대한 상 세하게 그려져 있는 지도는 그것만 쳐다보고 있어도 중원 전 역을 모두 여행한 것 같은 기분이 들 정도였다.

"물론이지요. 그리고 그동안 장악한 흑도 방파들이 그들을 따를 겁니다. 그다음으로는 우리가 심어놓은 백도의 간자들 이 열렬하게 싸움을 부추길 것입니다."

서생 차림의 사내는 열의가 가득한 표정과 함께 말했다.

"올해가 가기 전에 완벽한 셋을 만들게!"

밀랍 얼굴의 인영이 차갑게 말했다.

"알겠습니다."

서생 차림의 사내가 고개를 깊이 숙인 후 밖으로 나갔다.

"그런데 왠지 불길한 기분이 들어. 아주 기분 나빠."

밀랍 얼굴의 인영은 더욱 창백해진 표정으로 지도를 응시했다.

"흠!"

근 반 시진 동안 그 지도를 들여다보며 미동도 않고 서 있던 밀랍 얼굴의 인영이 작은 신음성을 토했다.

"조양방에 이어 화씨세가와 화산이라⋯⋯?"

밀납 얼굴을 한 중년인은 마치 저주라도 읊조리듯 낮게 가라앉은 목소리로 중얼거렸다.

여자인지 남자인지 분간이 가지 않는 외모는 그 낮은 음성과 어울려 왠지 모를 오싹함을 느끼게 했다.

"대체 놈의 능력은 어디까지란 말인가? 그리고 우리 일에 대해 대체 얼마나 알고 있단 말인가?"

인영은 불신 어린 눈으로 계속 지도를 응시하고 있었다.

인영의 시선이 닿는 곳에는 붉은 점이 찍혀 있었는데, 그곳은 조금 전 인영이 중얼거린 화씨세가와 화산파 등이 위치한 곳이었다.

"공들여 구축한 곳이었는데 한쪽 귀퉁이가 왕창 무너져 버렸군."

인영은 착잡한 음성으로 말하고는 쓰게 입맛을 다셨다.

밀랍을 씌운 듯한 얼굴에 여인인지 남자인지 구별이 가지 않는 목소리의 주인공!

무황성 외밀원주 요화극이었다.

"미꾸라지 한 마리가 온 개울에 흙탕물을 일으킨다고 하더니……."

요화극의 두 눈에서 번쩍하고 귀기 어린 안광이 뻗어 나왔다.

"더 이상은 방관할 수가 없어. 철마단(鐵馬團)을 움직여야겠는데……."

요화극은 단언을 하듯 말하고는 미간을 보일 듯 말 듯 찌푸렸다.

철마단의 무인들을 움직이려면 성주의 허가가 있어야 하는데 지금 무황성주 단목상군은 폐관 수련에 들어 두문불출이었다.

"균열의 조짐인가?"

요화극은 세차게 고개를 흔들었다.

지금까지는 성주의 의중이 자신의 의중이었고, 자신의 생각이 성주의 생각이었다.

그런데 몇 달 전부터 그것이 어긋나고 있었다.

정확히 말하자면 둘째 제자 사운혁이 암중인을 만나러 나간 그날부터였다.

사운혁을 따라 첫째 제자 석모광도 몰래 성을 빠져나갔다. 그리고 그 다음날 성주는 잠시 폐관 수련에 들겠다며 연공실로 들어간 후 아직 출관하지 않았다.

그러나 요화극은 성주가 그날부터 바로 폐관에 들지 않았다는 것을 간파했다.

다른 사람은 몰라도 그만은 알 수 있었다. 성주는 약 열흘 정도 아무도 모르게 성을 비웠다가 다시 돌아왔다. 그리고는 그가 공언한 대로 폐관에 든 것이다.

성주가 은밀히 돌아온 다음날 천만뜻밖으로 암중인의 손에 포로가 되었던 위건화가 돌아왔다. 반면, 위건화를 구하러 나간 두 제자는 돌아오지 않았고 아직까지 무소식이다.

자연 모든 시선이 위건화에게 쏠릴 수밖에 없었다. 뒤이어 그에게 암중인과 그의 두 사형에 대한 질문이 쏟아졌다.

그러나 위건화는 실어증이라도 걸렸는지 성으로 돌아온 후 단 한 마디도 하지 않고 곧바로 뇌옥의 지하 팔층으로 들어갔다.

무황성의 뇌옥 중 지하 팔층이라면 제일 아래층으로, 죄수들 중에서도 가장 위험한 죄수들을 가두는 곳이다.

일단 그곳에 들어가면 살아서는 햇빛을 보지 못한다고 했다. 또한 그곳에서는 죄수들끼리 지옥의 혈투를 벌여 서로 죽여도 아무런 제지를 받지 않아 그야말로 아수라지옥이라고도 했다.

그런 곳에 성주의 제자가 자진해서 들어갔으니 무황성은 하루 종일 벌집을 쑤신 듯이 웅성거렸다.

제자 두 명의 행적이 묘연하고, 한 명은 지옥으로 들어간 사건은 비상 상황이 틀림없었다. 그럼에도 불구하고 성주 단목상군이 열흘 전에 이미 폐관에 들었으니 어떤 조치를 취하지도 못하고 어수선하기만 했다.

　자연 성내에서는 암중인에게 제자 두 명이 모두 당했느니, 그래서 그 책임을 지고 셋째 제자 위건화가 자진해서 뇌옥으로 들어갔느니 하는 말만 구구하게 나돌았다.

　그러나 성주가 폐관 선언을 한 후 열흘 동안 성을 비웠다는 사실을 안 요화극은 그 열흘의 기간 동안 성주가 무슨 일을 했는지 여러 경로를 통해 은밀히 조사했다.

　얼마 후 성주의 열흘간 행보를 알게 된 요화극은 당혹감을 감추지 못했다.

　성주는 단신으로 선인봉으로 갔고, 그곳에서 암중인이란 놈과 대결을 벌였다. 그리고 그를 처치하지 못하고 제자 둘을 잃은 채 되돌아왔다.

　성주가 밀행을 나가기 며칠 전 요화극은 암중인의 정체가 파황객의 후예란 사실을 알아내고 즉시 보고를 했다. 그 보고를 받는 순간, 성주의 눈에서는 번쩍하고 폭광이 터져 나왔다.

　그때 요화극은 성주가 무언가 조치를 취할 것이란 예상을 했지만 그가 단신으로 직접 나설 줄은 몰랐다.

　그러나 그보다 더 당혹스러웠던 것은 성주가 그놈을 완벽하게 처치하지 못했다는 것이다.

　물론 그곳에 훼방꾼들이 있었다고 했다. 하지만 성주가 누군가를 처치하고자 결심한 후 실패한 적은 이제껏 단 한 번도 없었다.

요화극은 무황성의 외밀원주가 된 후 이제껏 한 번도 경험하지 못한 극심한 혼란을 느꼈다.

자신과의 교감없는 성주의 단독 행동!

두 제자의 행방불명!

이유를 알 수 없는 폐관 수련!

한동안 머리를 싸맨 끝에 그 모든 것이 암중인이라는 놈을 제거하지 못한 사실과 관련되어 있다는 것을 짐작했다.

암중인!

아니, 파황객의 후예!

예상보다 몇 배는 더 뛰어난 놈이고, 앞으로 자신의 계획에 가장 큰 장애가 될 놈이었다.

요화극은 그 뒤부터 파황객의 후예에 대해 집중적인 조사를 벌였다.

놈은 성주와의 대결에서 큰 상처를 입고 화산으로 갔다고 했다. 그래서 화산에 있는 놈이 회생하기 전에 처치할 계획을 세웠다.

그러나 간교하기 짝이 없는 그놈은 화산으로 간 것으로 꾸민 후 무당으로 향했다. 그것 때문에 한 달을 허비하고 말았다.

이를 간 요화극은 다시 무당에 있는 그놈을 처치할 계획을 세웠다.

그런데 요 며칠 사이 그곳에서도 연락이 두절되었다.

그렇다면 실패했을 가능성이 높았다.

그것 역시 균열의 조짐이었다.

최근에는 균열의 조짐이 사방에서 느껴지고 있었다.

외부적인 것은 물론 내부에서도 그것이 느껴진다는 것이 더 큰 문제였다.

원로원에 웅크린 열두 명의 장로!

그 이무기들이 성주가 자리를 비운 틈을 타 무언가 흉계를 꾸미고 있다는 것이다.

그들은 늙고 노회한 이무기들답게 자신의 정보망으로도 움직임을 포착하지 못할 정도로 은밀하게 움직였다.

아마도 지금쯤이면 무언가 큰 흉계 하나쯤 탄생시켜 놓았을지도 모를 일이다.

절대자의 부재!

그것이 균열들을 가속화시키고 있었다.

아무것도 하지 않고 있지만 절대자란 존재는 그 이름만으로도 천근만근의 무게를 지니고 있다.

그런 그가 자리를 비우자 이곳저곳에서 균열의 조짐이 확산되어 가는 것이다.

"원주님!"

요화극의 상념을 깨며 밖에서 한 사내의 목소리가 들렸다.

"들어오게!"

스스스!

그림자가 어리며 흩어졌던 연기가 모이듯 복면사내 하나가 요화극의 앞에 나타났다.

"성주님께서 출관하셨습니다."

복면사내는 상기된 음성으로 보고를 했다.

"뭣이!"

요화극은 자신이 혹시 잘못 듣지 않았나 하는 표정으로 사내를 쳐다보았다.

"확실한가?"

요화극은 흥분된 심중을 억누르며 확인했다.

"그렇습니다!"

복면사내는 단호한 목소리로 말했다.

"제때에 출관하셨군. 더 크게 벌어지기 전에 균열을 봉합할 수 있겠어."

요화극의 목소리에 화색이 돌았다.

"그런데 문제가 생겼습니다."

복면사내가 말했다.

"문제?"

"장로들이 대황령(大荒令)을 발동시켰습니다."

"대황령? 이 늙은이들이 결국 본색을 드러냈군."

이제껏 내내 무표정하던 요화극의 얼굴이 눈에 띄게 일그러졌다.

*   *   *

수백 명도 더 들어갈 만한 큰 대전에 오십 명가량의 사람이 석상처럼 시립해 있었다.

그들 앞쪽으로는 정방형 탁자가 놓여 있었고 탁자 주위로 열두 명의 노인이 앉아 있었다.

하나같이 일대종사의 기도를 풍기는 신선 같은 용모의 노인들이었다. 그러나 그들의 표정은 신선과는 전혀 어울리지 않는, 오히려 야차를 더 닮았을 정도로 차갑게 굳어 있었다.

무황성 원로원의 주인들인 열두 장로였다.

그들은 지금 대황령을 발동한 채 무황성주 단목상군을 기다리고 있었다.

대황령은 무황성 최고 권위의 명령으로 무황성이 절체절명의 위기에 처했을 때 내리는 비상소집령이었다.

그것은 초대성주 초일부가 만든 것으로 두 가지 경로로 발동할 수 있었다.

그 첫 번째는 성주가 단독으로 내리는 것이다. 하지만 차후 무황성 원로들의 재가가 필요했다.

두 번째로는 장로 열두 명이 전원 동의했을 때 내릴 수 있었다. 이 경우는 성주가 내리는 대황령보다 오히려 더 효력이 강했고 성주도 이 소집령은 거부할 수 없었다.

그동안 장로들은 성주 단목상군의 교묘한 이간책으로 서로를 견제하며 뭉치지 못하여 내릴 수 없었지만 단목상군이 폐관 수련에 든 기간 동안 열두 장로는 서로 은밀하게 내통하여 의견을 모았고, 성주의 출관과 동시에 대황령을 발동한 것이다.

열두 장로가 얼음장같이 차가운 표정으로 침묵을 지키고 앉아 있자 뒤에 서 있는 여러 각주들과 당주들도 굳은 표정으로 침묵을 지키고 있었다. 그러다 보니 자연 큰 대전 안에는 질식할 듯한 기운이 감돌았다.

"늦는군!"

장로 한 사람이 마침내 입을 열었다.

열두 장로 중 여섯 번째 서열을 차지하고 있는 참혼도(斬魂刀) 고산동(高傘洞)이었다.

참혼도라는 한 자루 장도가 독문 병기인 그의 얼굴에는 노골적인 불쾌감이 떠올라 있었다.

대황령이 발동되고 한 시진이 더 지났지만 성주는 아직 나타나지 않고 있다는 사실이 자존심을 상하게 만든 것이다.

"폐관 수련 동안 주화입마라도 당하신 모양이군."

다섯 번째 서열의 장로 낙일신장(落日神掌) 풍신호(風辛湖)도 못마땅한 표정과 함께 불편한 심기를 드러냈다.

"말씀이 지나치십니다. 주화입마라니요!"

약왕전주 나종백(羅宗柏)이 눈살을 찌푸리며 목소리를 높였다.

무황성의 모든 부상자의 치료와 약재 수급을 담당하는 약왕전의 주인인 그는 내, 외밀원주, 집법전주 등과 함께 원로급에 속한 신분이었다.

그는 지금 무황성의 존립이 위태로울 만한 위기 상황이 아님에도 장로들이 대황령을 발동한 사실에 당혹감과 함께 큰 의구심을 가지고 있었다.

"그러지 않고서야 어떻게 대황령이 발동되고 한 시진이 더 지났음에도 불구하고 아직 나타나지 않을 수가 있단 말이오?"

풍신호도 지지 않고 맞받아쳤다.

"특별한 이유도 없는 것 같은데 대황령이 발동되었으니 그럴 수밖에 없는 게 아니겠소?"

집법전주 곽조염(郭朝染)도 차가운 표정으로 약왕전주 나종백을 옹호했다.

"닥치시오! 대황령은 열두 장로 전원의 동의하에 발동되는 것이고, 그 권위는 성주도 거부할 수 없소. 그런데 곽 전주는 그 권위를 부정한다는 말이오?"

마침내 대장로 상운학(上運鶴)이 천둥 같은 고함을 질렀다.

"그, 그게 아니라… 너무 갑작스런 발동이라……."

곽조염이 찔끔하며 기세를 누그러뜨렸다. 대황령에 불응하는 것은 참수형으로 직결되기 때문이었다.

"그만한 이유가 있으니 갑작스럽게 내린 것이 아니겠소. 그리고 그 이유는 성주가 등장하면 자연히 밝혀질 것이오."

상운학이 다시 목소리를 높이자 더 이상 논란이 일지 않고 무거운 침묵이 재차 대전 안을 가득 메웠다.

그러고도 일각이 더 흘렀지만 성주 단목상군은 나타나지 않았다.

"더 이상 기다릴 수가 없소! 이건 성주가 우리를 능멸하는 행위이오! 집법전에서 법규에 따라 처리해야 할 일이오!"

제일 성질 급한 참혼도 고산동이 이번에도 먼저 나서며 일어서려는 순간 대전 앞쪽의 문이 열리고 친위대 무사들의 호위를 받으며 단목상군의 모습이 나타났다.

"성주님을 뵙습니다."

정방형 탁자 주위로 시립해 있던 사람들이 고함과 함께 깊숙하게 허리를 꺾었다. 장로들도 속마음이야 어떻든 자리에서 일어나 가볍게 고개를 숙이며 예를 갖추었다.

모든 사람들의 예를 받으며 성주 단목상군은 천천히 걸음을 옮겨 대전의 바닥보다 몇 계단 정도 높은 곳에 마련된 태사의에 앉았다.

성주가 자리에 앉자 장로들도 자리에 앉았고, 장내에는 아까보다 더 진한 침묵이 내려앉았다.

"미안하오. 폐관 수련 중에 몸에 붙은 찌든 때가 벗겨지지 않아 좀 늦었소."

단목상군은 좌중을 한 번 둘러본 후 늦게 도착한 이유를 말했다.

북해 빙풍같이 차가운 기운이 온 장내에 휘몰아쳤다.

대황령에 늦은 이유가 목욕 때문이라니?

열두 장로의 얼굴이 하나같이 벌겋게 변했고, 성주를 옹호하던 약왕전주와 집법전주의 표정에도 당혹감이 번져 나갔다.

이건 명백한 도발 행위였다. 만약 장로들이 그렇게 늦게 나타났다면 집법전에 회부해서 참수형을 시켜도 할 말이 없을 것이다.

"성주!"

대장로 상운학이 침묵을 깨뜨리며 고함을 질렀다.

"말씀하시지요, 대장로."

단목상군은 조금도 동요하지 않은 기색으로 상운학을 쳐다보았다.

번쩍!

단목상군의 눈에서 기이한 빛 한줄기가 상운학의 망막으로 쏘아져 들었다.

상운학이 순간적으로 등골이 서늘해지는 느낌을 받으며 잠시 말을 멈추었다.

날카롭다거나 강하다는 느낌은 아니지만 어쩐지 가슴을 철렁하게 하는 기운이었다.

그것은 무언가 사이하다는 느낌에 가까웠다.

'역시……'

상운학은 날카로운 눈빛과 함께 다시 입을 열었다.

"대황령이 내린 지가 언젠데 이제 나타나는 것이오? 그건 대황령의 권위에 정면으로 도전하는 것이 아니오?"

상운학의 목소리가 추상같이 흘러나왔다.

"그러기에 미안하다고 하지 않았소."

단목상군은 여전히 동요없는 표정으로 말했다.

"그게 미안하다고 해서 될 일이오? 만약 전시라면……."

"대황령에 어떻게 만약이라는 가정이 끼어들 수가 있단 말이오? 그리고 언제부터 성주도 모르는 대황령이 내려질 수 있단 말이오?"

단목상군이 상운학의 말을 싹둑 자르며 반박했다.

대황령은 그야말로 성의 존망이 위태로운 전시에 내려져야 했다. 그러기에 그것에 만약이라는 말은 끼어들 여지가 없었다.

"대체 무슨 일로 대황령을 발동시켰는지 연유를 말씀해 보시지요. 타당한 이유가 없을 시에는 집법총령을 발동시켜 그 책임을 물을 것이오!"

단목상군은 고삐를 늦추지 않고 장로들을 압박했다.

단목상군의 강력한 역공에 열두 장로는 잠깐 찔끔하는 기색을 보였다. 그러나 그들은 노회한 이무기들답게 금방 원래의 신색을 유지하며 단목상군을 노려보았다.

"그 첫째는 성주의 제자들 때문이오. 대제자와 둘째 제자는 행방불명이 되었소. 그리고 셋째 제자는 스스로 뇌옥으로 들어갔소. 이제 성주에게는 남은 제자가 한 명도 없는 것이나 마찬가지요. 그 기별을 긴급으로 넣었는데도 성주는 아랑곳 않고 폐관을 풀지 않았소. 그건 성의 후계를 불안하게 만들어 차후 큰 혼란을 야기할 수도 있는 일이오."

상운학이 콧김을 내뿜으며 말했다.

"두 번째는 무엇이오?"

단목상군은 여전히 무감동하게 말을 받았다.

"두 번째는 정도무림 여러 문파로부터 성주의 배덕 행위에 대한 규탄의 얘기가 나돌고 있소. 그 내용인즉, 성주가 둘째 제자 사운혁 공자를 죽이고 흔적을 없애 버렸다는 것과 각 문파 곳곳에 첩자를 심어 정파무림을 염탐했다는 것이오."

상운학의 말이 끝나기도 전에 대전 곳곳에서 웅성거리는 소리들이 들려왔다.

사실 여부를 떠나 무황성주를 상대로 그러한 소문이 나돈다는 자체만으로도 큰 치욕이요, 참을 수 없는 일이었기 때문이다. 무황성주는 그런 입방아마저도 허락하지 않는 자리였다.

"또 있소?"

단목상군의 태도에 상운학은 내친김이라는 듯 입을 열었다.

"세 번째는 성주가 암중인이라는 놈과의 대결에서 패해 엉덩방아를 찧었다는 소문이 돌고 있소."

"뭣이!"

"대체 그게 무슨 소리요!"

상운학의 마지막 말은 파괴력이 막강했는지 이곳저곳에서 고함 소리가 터져 나왔고, 이제껏 미동 않던 단목상군의 표정마저도 미미하게 일그러지게 만들었다.

단목상군은 신속히 평정심을 회복하며 대장로 상운학을 정시했다.

잠시 단목상군과 눈싸움을 벌이던 상운학이 다시 입을 열었다.

"그 일은 무황성의……."

"집법전주!"

상운학의 말을 다 듣지도 않고 갑자기 포성처럼 터져 나온 단목상군의 고함에 집법전주 곽조염은 제대로 대답도 하지 못하고 깜짝 놀란 표정으로 단목상군을 쳐다보았다.

"대장로 이하 모든 장로들을 즉시 체포하시오!"

청천벽력 같은 단목상군의 고함에 장내는 벼락이 떨어진 것 같은 분위가 되었다.

第七十六章

반격(反擊)

장흥관일

"서, 성주?"

곽조염이 새파랗게 질린 표정으로 더듬거렸다.

"대황령 마지막 항에 따르면 성의 존립이 위태로운 상황이
아님에도 불구하고 대황령을 무리하게 발동시키면 집법전 법
규에 따라 그에 상응하는 처벌을 받아야 한다는 규정이 있지
않소?"

단목상군이 다그치자 곽조염이 규정을 떠올린 후 고개를
끄덕였다.

"그럼 지금 대장로께서 문제를 제기한 말들이 과연 무황성
의 존립을 위태롭게 할 사항인지 판단해 보시오. 내가 보기에

대장로는 지금 성의 위기와는 아무런 상관 없고 증거도 없는 헛소문을 듣고 와서 망령된 짓을 벌이고 있는 것 같소."

"망령?"

"망령이라니? 언동이 지나치오, 성주!"

몇 명의 장로들이 벌떡 자리에서 일어섰다. 그리고는 여차하면 출수라도 할 듯한 자세를 잡았다.

창!

챙—

단목상군 주위로 둘러선 친위대들이 검을 뽑아 들었다. 그러자 장로들이 데려온 원로원 무사들도 같이 검을 뽑아 들었다.

이 순간 자칫 삐끗하면 전면전이 벌어질 상황이었다.

일촉즉발의 상황에 대장로 상운학이 손을 들어 올렸다.

"그건 성주의 말이 맞소. 모두들 앉으시오."

"대, 대장로!"

"장로님!"

상운학의 예상치 못한 태도에 자리를 박차고 일어섰던 몇 명의 장로들이 당혹감을 감추지 못하며 상운학을 쳐다보았다.

기호지세라 했다.

일이 이렇게 된 이상 고삐를 늦추지 말고 휘몰아쳐야 한다. 장로 전원이 의견을 일치시킨 지금은 더 이상 겁날 것이 없었다.

"일에는 순서가 있고, 누구나 수긍할 수 있는 정당성이 있어야 하는 법이오."

상운학은 장로들은 물론 장내의 모든 사람에게 들으란 듯 내공을 주입한 채 말했다.

'정당성?'

참혼도 고산동이 눈살을 찌푸렸다.

지금 이 판국에 무슨 정당성이란 말인가?

정당성을 따진다면 자신들에게 유리할 것이 별로 없었다. 자신들에게는 힘이 곧 정당성이었다.

그동안 이간책에 의해 힘을 모으지 못하고 철저히 서로를 경계하던 장로들이 이렇게 하나로 뭉친 이상 그런 정당성을 묵살해도 상관없다. 그런데 지금 와서 정당성을 따진다면 자신들이 판 함정 속으로 스스로 뛰어드는 격이 아닌가?

고산동의 그런 걱정을 알기나 하는지 대장로 상운학이 다시 입을 열었다.

"성주의 말대로 앞서 밝힌 사실들은 아무런 증거도 없소. 그리고 증거가 있다 치더라도 대황령을 발동할 정도는 아닐지도 모르오."

"대장로!"

다른 장로들도 고산동과 같은 심정으로 고함을 질렀다.

"하지만 마지막 한 가지 소문을 듣는 순간 그럴 수밖에 없었소."

"마지막 소문?"

"그, 그게 무엇이오?"

오히려 장로들이 더 놀란 눈을 했다. 아마도 그 사실은 상 운학이 서로 공유하지 않은 모양이었다.

"말씀해 보시지요."

단목상군이 다시 물었다.

"성주가 사악한 사공을 익혔다는 소문이오."

상운학이 결정타를 날리듯 말했다.

"사공!"

"사공이라니? 대체 그게?"

대전 안에 폭풍이 몰아치듯 술렁거렸다.

대무황성의 성주가 사공을 익히다니?

그런 일은 해가 서쪽에서 뜬다 하더라도 일어나지 말아야 한다.

절대 그럴 리 없겠지만 만약 그게 사실이라면 무황성은 백 도무림으로부터 집중 공격을 받아 대혼란을 겪게 될 것이고, 그건 충분히 대황령을 발동할 만했다.

모든 사람의 눈이 단목상군과 대장로 상운학에게로 향했 다.

"말씀해 보시지요, 성주. 그게 사실이오?"

상운학이 엄중한 목소리로 물었다.

단목상군은 깊이 가라앉은 눈으로 상운학을 쳐다보았다.

무언가 억지스러우면서도 한곳으로 몰아가는 느낌이었다. 그리고 이런 행동은 평소의 대장로답지 않았다.

"어서 답하시오, 성주!"

잠시 움츠러들었던 고산동이 기세가 올라 고함을 질렀다.

열두 명의 장로 모두 합심한 힘에 더해 이젠 정당성까지 얻을 수 있게 되었다는 사실이 그를 고무시킨 것이다.

"아니오!"

단목상군이 간단히 답했다.

"그걸 어떻게 증명하시겠소?"

상운학이 다그쳤다.

"대장로님 말씀은 어떻게 증명하시겠소?"

단목상군도 맞받아쳤다.

잠시 기세가 올랐던 장로들의 입에서 신음이 흘러나왔다.

사공을 익혔든 아니든 본인이 펼치지 않는 한 알 수 없는 것이다. 그것을 증명하지 못한다면 정당성을 얻는다는 것은 물 건너갔다. 처음의 계획대로 힘으로 밀고 나가야 하는 것이다.

"방법이 있소."

잠시 후 상운학이 말했다.

단목상군의 눈이 가늘게 변했다. 동시에 장내의 모든 사람들이 숨소리조차 죽이며 상운학의 목소리에 귀를 기울였다.

"말해보시지요."

"성주와 우리 장로들이 비무를 벌이는 것이오. 아는 사람은 이미 아시다시피 장로 넷이면 우리가 불리하여 아무것도 못 알아내겠지만 다섯 명과 성주가 비무를 하게 되면 성주의 전력을 다 짜내게 하여 성주가 사공을 익혔는지 아닌지 만천하에 드러나게 할 수 있소."

상운학이 주변을 둘러보며 자신있게 말했다.

'결국 이것이었군!'

단목상군의 눈이 차갑게 빛났다.

이들은 어떻게든 자신을 처치할 생각으로 대황령을 발동한 것이다. 사공을 익힌 흔적을 찾는다는 건 구실에 불과했다.

비무를 벌여 사공의 흔적을 찾아낸다면 그것보다 좋은 결과가 없겠지만 그렇지 못한다 할지라도 비무를 핑계로 자신을 처치하려 하는 것이다. 모두 한통속이 되었으니 차후의 사태는 더 이상 걱정할 것이 없다는 계산이 그 저변에 깔려 있었다.

'치졸하군!'

단목상군은 속으로 조소를 떠올렸다.

이젠 오 대 일로 상대해도 걱정할 것이 없었지만 이런 얄팍한 계책으로 자신을 처치하려 하는 장로들에게 절로 조소가 흘러나왔다.

"대장로님의 말씀에는 어폐가 있습니다!"

집법전주 곽조염이 고함을 질렀다.

"말해보게."

대장로 상운학이 예상했다는 듯 말을 받았다.

"만약 성주님께서는 아무런 문제가 없는데 장로님 다섯 분이 성주님께 치명상을 입히시기라도 한다면……."

"그땐 자네가 우릴 모두 집법전에 넘기면 될 게 아닌가?"

"그, 그건……."

곽조염의 얼굴이 창백해졌다.

성주가 죽고 나면 대장로의 천하가 될 것이고 집법전의 권위는 땅으로 곤두박질 칠 것이다. 그리고 그 과정에서 자신은 십중팔구 제거될 것이다.

비로소 대장로의 흉계를 모두 파악한 곽조염의 손끝이 떨려왔다.

석 달 가까운 기간 동안의 성주의 부재!

그것이 지금의 이 무서운 사태를 낳은 것이다.

곽조염은 사색이 된 채 성주 단목상군을 쳐다보았다. 이제 자신의 명줄은 성주에게 달려 있었다.

'대체 뭘 믿고 이런 치졸한…….'

속으로 거듭 조소를 흘리던 단목상군은 순간적으로 뇌리에 커다란 쇠침 하나가 관통하는 느낌을 받았다.

비록 자신이 몇 달 자리를 비웠다고 해도 대장로 상운학은 이런 일을 벌일 만한 인물이 못 된다. 그는 모험보다는 현실에 안주하는 성향이 짙었다. 그래서 아직까지 아무런 문제가 없이 무황성이 굴러온 것이다.

그런 그가 광분하여 이런 짓을 벌이는 것은 무언가 큰 위화감을 느끼게 만들었다.

'설마 이것이 놈의 짓이란 말인가?

단목상군의 표정이 눈에 띄게 일그러지고 있었다.

선인봉에서 온갖 계략을 다 부리며 결국은 목숨을 부지한 그 여우같은 놈!

지금 대장로를 위시한 모든 장로의 이 어설픈 짓거리가 그 놈의 계략이라면?

그렇다면 절대로 치졸한 계략이 아니다.

장로들과 자신 사이의 이간질!

그것은 무황성의 힘을 이 할은 저하시키는 결과를 가져온다.

장로들의 계략이 통하면 통하는 대로, 허술해서 깨어지면 깨어지는 대로 놈이 손해 볼 것은 없다. 이런 일이 벌어진 이상 장로들과 자신 사이에 파인 골의 깊이는 예상보다 훨씬 깊어진 것이다.

'음!'

단목상군은 신음을 삼켰다.

수련이 끝나면 제일 먼저 장로들을 제압할 생각을 하고 있었다. 하지만 이런 식은 아니었다. 피치 못할 경우 대장로 정도는 희생하더라도 다른 장로들은 모두 복종시킬 생각이었다.

그런데 그럴 틈도 없이 일이 벌어지며 서로 걷잡을 수 없는 상황으로 치닫고 있었다.

이젠 장로들이 반란을 일으키려 한다는 사실을 누구나 느끼고 있었다. 일이 잘 해결되더라도 일벌백계의 차원에서 장로들을 처리할 수밖에 없다.

결국 자신은 열두 장로를 모두 잃은 것이나 마찬가지다.

'간교한 놈!'

자신과 그놈밖에 모르는 사실들을 대장로 상운학이 시시콜콜 알고 있다는 사실로 보아 그놈의 소행이 분명했다. 그놈과 같이 있던 당찬 계집도 마지막 순간에 나타나 돌을 던졌지만 자신이 엉덩방아를 찧은 장면은 결코 보지 못했다.

그놈의 소행이 분명한 것이다.

단목상군은 이를 뿌드득 갈았다.

그 소리를 들은 대장로 상운학의 눈이 독사처럼 차갑게 변했다.

이젠 서로 돌이킬 수 없는 강을 건넜다는 생각이 들었다.

무황성 전력의 이 할을 포기하더라도 이들을 용서할 수가 없다.

"좋소. 그렇게 하시오."

단목상군은 박차듯 자리에서 일어섰다.

"서, 성주!"

"성주님!"

집법전주 곽조염과 약왕전주 나종백이 얼어붙은 표정이
되었다.

누가 이기든 무황성에 한차례 폭풍이 불 수 밖에 없었다.
그 여파가 어디까지 갈지는 지금으로서는 예측 불능이었다.

"좋소, 성주! 성주의 상대는 일장로에서 오장로까지 다섯
명이오."

상운학이 미리 약속된 듯 그들을 쳐다보았다.

"오장로는 빼시오. 그 자리는 대장로님께서 대신하시오."

단목상군이 차갑게 말했다.

"성주!"

"더 이상 손바닥으로 하늘을 가릴 필요가 없지 않겠소? 이
곳에는 바보들만 모인 것이 아니니까."

단목상군은 차가운 눈으로 상운학을 노려보았다.

단목상군의 말은 장로들의 지금 행위가 명백한 반역이라
는 것을 못 박는 것이었다. 그리고 패하면 살아날 생각을 말
라는 것이다.

"성주의 생각이 그렇다면… 그렇게 하지요."

상운학은 무겁게 고개를 끄덕였다.

이젠 서로 죽든지 죽이든지 둘 중 한 가지 선택만이 남은

것이다.

대장로 상운학을 비롯한 일장로에서부터 사장로까지 다섯 명의 장로가 단목상군을 가운데 두고 포위하듯 둘러섰다.

형식상으로는 비무였지만 이것은 명백히 장로들에 의한 반역이었고, 장로들이 비무형식을 통해 성주를 제거하려는 음모였다. 이젠 모두들 그것을 인식하였기에 돌같이 굳은 표정으로 대전 중앙에 시선을 고정시키고 있었다.

성주와 장로 다섯의 비무 결과에 따라 목이 수십 개는 떨어지게 될 것이다. 권력 쟁탈 과정에서 그것은 언제 어느 곳에서나 있는 일이었다. 누구의 목이 붙어 있고 누구의 목이 떨어질지는 오로지 비무 결과에 달린 것이다.

무황성으로서는 두 번째로 맞는 위기였다.

처음에는 단목상군이 이대 무황성주의 자리에 올랐을 때다. 그때는 묵사림 대장로 혼자서 반기를 들었고, 일대일의 비무에서 단목상군은 제왕금룡장으로 묵사림을 쓰러뜨리며 위기를 넘겼다. 그러나 두 번째인 이번에는 그때보다 더 큰 위기라 할 수 있었다.

그때 대장로였던 묵사림의 실패를 거울삼은 현 장로 상운학은 교활하게도 일대일의 대결이 아닌 오 대 일의 대결을 제의하여 비무라는 미명하에 단목상군을 처치하려 하고 있었다.

친위대 이하 다른 각주와 당주들도 이젠 그 흉계를 알아차렸지만 나머지 일곱 명의 장로와 그들이 데려온 심복들의 견제로 꼼짝도 하지 못하고 있었다. 누구든 한쪽이 움직이면 그때는 걷잡을 수 없는 전면전이 벌어질 상황이기에 흉흉한 눈빛만 번득이며 단목상군과 장로들의 대결을 지켜보고 있었다.

"이제 시작해 보시지요, 여러 장로님들. 그동안 많은 성취들을 이루신 듯한데, 그게 어느 정도인지 궁금하기 짝이 없군요."

단목상군이 침묵을 깨뜨리며 먼저 입을 열었다.

엄중한 포위망 속에 갇혀 있지만 그의 표정은 조금도 긴장됨 없이 시종일관 여유롭기만 했다. 오히려 대장로 상운학 이하 다른 네 장로들의 눈에 본능적인 긴장감이 서서히 번져 가기 시작했다.

무인들 간의 대결 중 대결 당사자들끼리만 느낄 수 있는 기세!

다섯 명의 장로는 자신들 다섯의 그물처럼 조여 들어가는 기세가 단목상군에게 통하지 않는다는 것을 은연중에 느끼고 있었다.

"그럼 시작하겠소!"

대장로 상운학이 눈짓과 함께 먼저 몸을 움직였다.

슬쩍 한 발을 내딛는가 싶었는데 해일 같은 기세가 일며 그의 독문 병기인 무거운 감산도(砍山刀)가 단목상군의 전신을 두 쪽 낼 듯 떨어져 내렸다. 그와 동시에 좌측에서 일장로 조강한(趙强旱)의 검이 단목상군의 어깨를 향해 찔러들었고, 우측과 후면에서는 이장로와 삼장로가 장력과 판관필을 휘둘러 갔다. 남은 사장로 고호명(高互名)은 네 방향에서의 합공을 받은 단목상군이 빈틈을 보이는 찰나 그 틈에 던져 넣을 듯 그의 독문 병기인 은사가 달린 수리비도를 쳐들고 있었다.

다섯 장로가 한꺼번에 단목상군을 몰아치는 모습은 이런 경우에 대비해 미리 약속이나 한 듯 엄중한 그물망처럼 빈틈이 없었다.

그러나 네 방향에서 날아오는 치명적인 공격을 맞이한 단목상군은 조금도 서두르지 않고 서 있다가 갑자기 오른손을 흔들었다.

부우욱—

커다란 북을 단검으로 쭈욱 찢어버리는 듯한 소리가 나며 금광이 허공에 난무했다.

그것은 단목상군의 손목에 감겨져 있던 천뢰검이 진기의 주입과 함께 보통의 검으로 늘어나며 뿌린 광채였다.

파파파팟—

천뢰검에서 뻗어 나온 황금색 검기가 네 장로의 공격을 한꺼번에 쳐내며 포탄이라도 터지는 듯한 충격파가 터져 나왔다.

"으음!"

"음!"

잠시 후 몇 마디의 답답한 음성이 새어 나왔다.

장로들의 입에서 불식간에 흘러나오는 신음성이었다.

네 명이 동시에 공격을 하였지만 그들은 단목상군이 무겁게 한 번 휘두른 검격에 부딪쳐 쇠망치에 손목을 강타당하는 듯한 충격을 느낀 것이다.

'으음!'

대장로 상운학도 속으로 신음을 삼켰다.

예상 외의 결과였다.

이번 격돌에서 충격을 받는 쪽은 당연히 단목상군일 것이라 생각했다.

그렇게 만들기 위해 그동안 고심해서 계획을 짰다. 그 계획에는 이런 상황을 만드는 것도 있었지만 서로 비무를 하게 되었을 때 어떤 공격을 하는지에 대한 계획도 포함되었다. 그리고 그 계획대로 초식을 펼쳤는데 결과는 정반대로 되고 말았다.

수리비도를 날릴 준비를 하고 있던 사장로 고호명도 놀란 눈으로 단목상군과 네 장로를 쳐다보았다.

대장로 이하 삼장로까지 네 장로들의 안색이 눈에 띄게 굳어지고 있었다. 단목상군의 내력이 자신들의 예상을 한참 뛰어넘고 있었기 때문이다.

"역시 세월 앞에는 장사가 없나 봅니다. 이젠 장로님들도 늙으셨군요. 근력이 많이 떨어진 것이 확연히 느껴집니다그려!"

다섯 장로들의 볼살이 부르르 떨렸다.

말은 걱정이었지만 그 뜻은 참기 힘든 조롱이었다.

"그럼 이제 제가 공격을 하지요."

장로들의 얼굴에 떠오른 수치심이 지워지기도 전에 단목상군은 천뢰검을 휘둘렀다.

파츠츠츠—

나뭇가지가 세찬 불길에 타들어가는 듯한 음향이 터지며 예의 그 황금빛 광채가 천뢰검에서 쏟아져 나왔다.

그 금빛에 휩싸이게 되면 이미 늦는 것이다. 금빛 광채가 전신을 감싸기 전에 흩어버리는 것이 살길이었다.

다섯 명의 장로들은 제각각 병기를 휘두르고 장력을 터뜨리며 단목상군이 뿌린 검기에 대항해 갔다.

콰콰콰쾅!

다시 폭음이 터지며 다섯 명의 장로들은 한꺼번에 두 걸음씩 뒤로 밀려났다.

단목상군의 무공을 잘못 예상한 결과였다.

"우습군!"

조롱기 가득한 음성과 함께 단목상군이 대장로 상운학을 향해 천뢰검을 휘둘렀다.

합공을 하는 그들을 뒤흔들어 놓았으니 이젠 각개격파의 순서인 것이다.

상운학이 급급히 감산도를 휘둘렀다.

콰앙!

"겨우 이런 실력을 믿고……."

감산도를 튕겨낸 단목상군이 천뢰검을 세차게 그어 내렸다.

그 순간 상운학의 감산도에서 기이한 빛이 터져 나왔다.

우우웅─

심장을 울렁거리게 만드는 기운이었다. 그리고 순간적으로 내력의 발출을 방해하는 기운이었다.

'이것은?'

단목상군의 눈이 부릅떠졌다.

처음 느끼는 기운이 아니었다.

선인봉 정상에서 그 여우같은 놈의 가슴에 천뢰검을 찔러 넣는 순간 묵색의 피리에서 뭉클 피어오르던 기운!

그 기운으로 인해 진기의 흐름이 불안해졌고, 심장을 제대로 찌르지 못하고 어깨 어림을 찔렀다.

그 음습한 기운이 대장로 상운학의 도에서 흘러나오고 있었다.

단목상군은 신속히 뒷걸음질을 쳤다.

내식이 흔들리는 지금의 상태에서 부딪쳤다가는 선인봉

정상에서와 똑같은 파탄이 드러날 것이다.

파아앗—

상운학의 감산도에서 다시 이질적인 기운이 쏟아져 나왔다.

이번에는 아까와는 전혀 다른 지독히 파괴적인 기운이었다.

잠마출동(潛魔出洞)!

마교의 무공이었다.

펼친 이후 일각 동안 본신의 내력이 반으로 줄어들지만 펼치는 순간에는 공력을 일 할은 증폭시키는 마교의 속성 무공이었다. 또한 그 수법은 맞상대하는 당사자 외에는 절대로 알아차리지 못한다.

'이것이었군!'

단목상군은 머릿속이 환해지는 기분을 느꼈다.

대장로 상운학이 이런 일을 꾸민 자신감은 이것에 기인한 것이다. 그리고 이 기운의 정체는 그놈이었다.

사도맹의 무공과 마교의 무공까지 익히고 있던 그놈!

놈은 대장로에게 이 무공을 전하고 선인봉에서의 상황을 상세히 전해 반란을 부추긴 것이다. 어쩌면 대장로뿐만 아니라 다른 몇 명의 장로에게도 이런 술수를 펼쳤을 것이다. 그러지 않고는 한꺼번에 모든 장로들이 이렇게 부화뇌동할 리 없다.

쉬이익!

상운학의 감산도가 귓전을 스쳤다.

파아앗—

머리카락 몇 가닥이 잘리며 선혈이 솟구쳤다.

살을 스치지도 않았지만 감산도에서 뻗어 나오는 기파에 피부가 갈라진 것이다.

"하아!"

승기를 잡았다고 생각한 상운학이 기합성을 터뜨리며 다시 감산도를 횡으로 휘둘러 왔다.

'헛!'

상운학이 경호성을 삼켰다.

증폭되었던 내력이 급속하게 반감되며 온몸의 힘이 쭉 빠지는 느낌을 받은 것이다.

잠마출동의 속성 무공에 의한 공력의 증폭은 단 한 번 공격에 한한 것이다. 그 공격이 실패로 돌아가면 역으로 치명적인 결과를 맞이한다. 이제 일각 동안 자신은 내력을 반밖에 운용하지 못한다.

상운학의 눈에 절망감이 어렸다.

예전이었다면 성공했을 것이다. 그렇게 생각하고 그동안 치밀하게 준비했다. 그러나 단목상군의 무공은 예상을 뛰어넘었다.

쨍—

잠시 급급히 뒤로 물러났던 단목상군이 천뢰검을 휘둘러 상운학의 감산도를 막았다.

주르르—

이번에는 상운학이 휘청 뒤로 밀려났다.

그는 이제 이곳 대전 안에서 제일 하수의 수준으로 전락했다.

"대장로!"

사장로 고호명이 주위를 환기시키며 들고 있던 수리비도를 던졌다.

쌔애액—

수리비도가 빛살을 가르며 단목상군을 향해 날았다.

자루 끝에 은사가 달려 있는 수리비도는 날아오는 도중에 몇 번이나 궤적을 바꾸며 대처를 힘들게 했다.

단목상군이 신속히 보법을 밟아 수리비도 안쪽으로 신형을 이동시킨 상태에서 검을 휘둘렀다.

수리비도의 은사가 속절없이 잘려 나가며 수리비도는 주인의 의지와는 상관없이 허공으로 솟구쳤다.

"노물들!"

파츠츠츠—

다시 단목상군의 천뢰검에서 황금빛 검기가 쏟아졌다.

다섯 명의 장로들이 한꺼번에 각각의 병기를 휘둘러 단목상군의 검에 부딪쳐 갔다.

예전과 다름없어 보이는 검기였다. 더 짙은 빛도 아니고 더 광범위하게 펼쳐지지도 않았다.

그러나 마주치는 순간 모두들 바위에 부딪친 듯한 충격을 받았다.

파악―

삼장로 양홍(梁弘)의 판관필이 싹둑 잘려 나가며 그의 팔 하나도 같이 잘려 나갔다.

"크아악!"

양홍이 처절한 비명을 지르며 바닥으로 나뒹굴었다.

양홍의 팔에서 뿌려진 선혈을 고스란히 뒤집어쓰며 단목 상군의 신형이 유령처럼 앞으로 쇄도해 들었다.

"차아!"

일장로 조강한이 기합성과 함께 청강검을 휘둘렀다. 그와 동시에 이장로 임차목(林車木)이 장력을 터뜨렸다.

쉬이익―

단목상군은 두 사람의 공격을 도외시한 채 그대로 돌진했다.

조강한과 임차목의 눈에 당혹감이 흘렀다.

이건 마치 동귀어진의 수법이나 같았다. 그러나 그것은 그들만의 생각이었다.

슈아악―

두 사람의 장력과 검기를 천뢰검을 잡은 손목을 흔드는 것으로 간단히 지워 버린 단목상군은 한꺼번에 두 사람의 목을 베어버렸다.

쿵!

쿵!

목을 잃은 두 장로의 노구가 대전 바닥으로 무너졌다.

"성주, 이건……?"

사장로 고호명이 두 구의 시신을 보며 중얼거렸다.

"비무라고 주장하고 싶으신지요?"

하얗게 질린 사장로 고호명의 말끝을 자른 단목상군이 차갑게 말했다.

"그렇소! 비무에 살수를 쓰는 것은 용납할 수 없소!"

대치 상태를 유지하며 지켜보고 있던 다른 장로들이 고함을 지르며 뛰어들 자세를 잡았다.

쾅—

갑자기 대전의 옆쪽 문이 열리며 일단의 무인들이 쏟아져 들어왔다.

온통 검은 무복에 복면을 한 채 한 자루 검을 든 무인들!

그들은 어떠한 경우에도 성주 처소를 떠나지 않고 지키는 음풍대(陰風隊) 무사들이었다. 또한 아무도 모르는 곳에 깊이 은신한 그들 움직임의 특성상 그들을 모두 모으려면 한 시진은 소요해야 했다. 그런 그들이 자리를 이탈하여 이곳까지 온 것이다.

뛰쳐나가려던 장로들이 그 자리에서 얼어붙었다. 음풍대 무사들로 인해 급격히 균형이 무너진 것이다.

"이곳에서 그렇게 생각하는 사람은 아무도 없을 것 같지 않소? 당신들 역시 마찬가지고."

파파파!

단목상군의 천뢰검이 사장로 고호명과 대장로 상운학을 향해 한꺼번에 휘둘렸다.

"이놈!"

대장로 상운학이 이를 악물며 감산도를 휘둘렀다.

자신들이 흉계를 꾸민 줄 알았는데 결과적으로 오히려 당한 것이다. 단목상군은 자신들의 행동을 미리 예견하고 한 시진도 넘게 지체하며 음풍대 무인들을 동원했다.

"어차피 당신들이 먼저 시작한 일이오."

차가운 음성과 함께 단목상군은 천뢰검을 휘둘렀다.

쟁!

상운학의 감산도가 그의 손을 떠나 바람에 날리듯 허공으로 떠올랐다. 그 사이로 단목상군이 좌수를 쭈욱 뻗었다.

콰앙!

단목상군의 좌수에서 터진 장력이 상운학의 심장을 두드렸다. 동시에 감산도를 걷어낸 천뢰검이 사장로 고호명의 심장을 찔러들어 갔다.

취리리링—

고호명이 수리비도와 함께 잘려 나가고 반만 남은 은사를 휘둘렀다. 그의 수리비도는 은사 자체만으로도 치명적인 무기였다.

은사가 천뢰검을 휘감으려는 순간 천뢰검 끝이 무섭게 회전했다.

피이잉―

천뢰검 끝에서 쏘아져 나온 강력한 검풍에 휘말린 은사가 방향을 바꾸어 오히려 그 주인의 목을 감았다.

"크윽!"

고호명이 불신 가득한 눈으로 자신의 손에 감긴 은사를 쳐다보았다. 자신의 손은 힘을 주지도 않았는데 은사가 목을 반이나 잘라가고 있었다.

쿵!

쿵!

단목상군의 좌장에 심장을 가격당한 상운학이 폭포수 같은 피를 토하며 먼저 쓰러졌다. 그 뒤를 따라 은사에 목이 반쯤 잘린 고호명이 바닥으로 나뒹굴었다.

"저 노물들을 모두 체포하라!"

단목상군은 여세를 멈추지 않고 음풍대 무사들에게 명령을 내렸다.

스스스!

음풍대 무사들이 그야말로 바람처럼 움직이며 남은 장로

들을 포위했다.

"이, 이런!"

일곱 명의 장로가 당혹감을 감추지 못하며 허둥댔지만 기세는 이제 완전히 단목상군 쪽으로 기울어져 있었다.

처음부터 그들은 단목상군의 무위를 제대로 파악하지 못했다. 아니, 정확히 말한다면 최근 단목상군의 무위가 일 할 가량 상승했다는 것을 알지 못했던 것이다. 몇 달 동안 폐관에 들었다는 것을 알았지만 이미 극에 도달한 무공 수위의 그가 단 몇 달 수련으로 그런 성취를 이룬다는 것은 꿈에도 생각지 못한 것이다.

그것을 알았더라면 무리를 해서라도 장로 열두 명이 한꺼번에 공격했을 것이다. 물론 그랬다면 전면전이 될 수밖에 없었겠지만 이렇게 허무하게 끝나지는 않았을 것이다.

일곱 장로들의 눈에 절망감이 어렸다.

반역은 실패로 돌아가고 이제 처단될 일만 남았다.

"모두 묶어라!"

단목상군이 추상같은 명령을 내렸다.

장로들이 데려온 심복들은 잠시 눈을 굴리며 사태를 파악하다가 세불리를 느꼈는지 뒤로 물러섰다.

"이, 이놈들!"

장로들이 오라를 들고 다가드는 음풍대 무인들을 향해 살기등등한 눈을 부라렸지만 끝내 반항은 하지 못했다.

한번 기세가 꺾이면 그것으로 급전직하다.

그것을 되돌리는 것은 무너진 둑을 다시 쌓는 것만큼이나 힘들다. 둑이 무너지기 전에 무언가 조치를 해야 하는데 시기를 놓쳐 버렸다.

장로들은 모두 오라에 묶이고 점혈을 당했다.

"저놈들도 모두 체포하라!"

단목상군은 장로들이 데리고 온 심복들도 묶으라고 명령을 내렸다.

"성주, 그들은 아무 죄도 없는 아이들이오! 무엇을 하는지도 모르고 우리를 따라온 것이오! 그러니 선처를 바라오!"

육장로 고산동이 피를 토하듯 고함을 질렀다.

"주인을 잘못 만난 것! 무인들에게 그것만큼 큰 죄는 없는 법이지."

추호의 용납도 없이 장로들과 관계된 모든 사람들을 체포했다.

그리하여 무황성은 단 한 가닥의 힘도 남김없이 완전히 단목상군의 소유가 된 것이다.

'긴 시간이었군.'

오라에 묶인 채 끌려가는 원로전의 사람들을 보며 단목상군이 속으로 중얼거렸다.

사부이신 초대성주 초일부로부터 물려받은 성주의 자리가 이제야 완전한 자신의 것이 되었다. 아울러 이제부터는 무황성의 모든 힘을 한 가닥도 남김없이 자신의 마음대로 휘두를 수 있게 된 것이다.

'무림의 새로운 역사……'

단목상군의 눈이 이글거리며 타올랐다.

第七十七章

원앙탈명륜(鴛鴦奪命輪)

장흥관일

"감개가 무량하군!"

산꼭대기에서 절벽 아래쪽을 쳐다보며 부연호는 탄성을 토하듯 말했다.

그 옆으로 무영과 허복양, 마소창, 염예령도 아래를 쳐다보며 고개를 절레절레 흔들었다.

칼날 같은 바위들이 곳곳에 튀어나와 있는 절벽은 잘못 떨어지면 뼈도 추리지 못할 것 같았다. 그런 곳을 부연호는 무영과 염예령을 안고 뛰어내렸으니 다시 생각해도 아찔했다.

이곳은 선인봉 정상이었다.

무당을 떠난 무영은 무슨 이유에서인지 이곳에 먼저 들를

것을 고집하여 모두들 영문도 모른 채 따라온 것이다.

이곳에서 무황성주 단목상군에게 워낙 모질게 당한 터라 올라오면서 혹시 바위 뒤쪽이나 숲 속에서 단목상군이 튀어나오지 않을까 머리끝이 몇 번이나 곤두섰다.

특히 염예령은 산새들이 날아오르거나 산짐승이 달아나는 소리에도 비명을 지르며 그 자리에 주저앉기까지 했다.

그때는 지옥 야차나 마찬가지였던 단목상군에게 돌을 던지며 맞섰지만 지금 다시 생각해 보니 어떻게 그럴 수가 있었는지 이해가 가지 않는 그녀였다.

"대체 왜 이곳으로 다시 오자고 한 것인가? 이곳에서 와신상담이라도 할 생각인가?"

자신이 뛰어내린 절벽 아래쪽을 쳐다보며 거듭 고개를 흔들던 부연호는 무영을 향해 질문을 던졌다.

이곳으로 향하는 순간부터 몇 번이나 던진 질문이다. 그때마다 무영은 혼자 갔다 오겠다며 따라오지 말라고 했다. 하지만 혹시라도 무황성의 잔당들이 있을지 몰라 부연호 등은 부득불 따라온 것이다.

"찾을 것이 있어."

무영은 간단히 답하고 선인봉 주변을 들러보았다.

무영을 따라 마소창과 염예령도 주변을 둘러보았지만 특별한 것은 보이지 않았다.

한참을 찾아도 무언가 나타나지 않자 무영의 얼굴에는 큰 상실감의 흔적이 드러났다.

"사부?"

마소창이 눈을 크게 뜨며 무영을 쳐다보았다.

팔이 하나 잘려 나가도 저런 표정을 지을 무영이 아니다.

"대체 찾는 것이 무엇이기에……?"

마소창은 눈알이 빠져나갈 듯 힘을 주며 주변을 다시 두리번거렸다. 그러나 무언가 눈에 뜨이는 것은 없었다.

무영이 천천히 절벽 쪽으로 다가갔다. 그리고 절벽 아래쪽을 면밀히 살폈다.

"저기 있군!"

무영의 목소리가 환호성을 지르듯 터져 나왔다.

모두들 우르르 달려와 절벽 아래쪽을 쳐다보았다. 그러나 그곳에는 칼날 같은 바위들밖에 보이지 않았다.

"아악!"

염예령이 비명을 질렀다. 갑자기 무영이 절벽 아래로 훌쩍 뛰어내렸기 때문이다.

부연호도 기겁을 하며 손을 뻗었지만 무영의 신형은 이미 아래도 떨어져 내리고 있었다.

"어엇!"

이번에는 마소창이 고함을 질렀다.

급전직하로 떨어져 내릴 것 같던 무영의 신형이 절벽 아래에서 솟구쳐 오르는 바람에 날리듯 절벽 안쪽으로 스르르 미끄러져 갔기 때문이다.

"어풍비행(御風飛行)……?"

부연호가 나지막하게 외쳤다.

무영의 방금 수법은 전설적인 경공술인 어풍비행을 닮았
다.

초상비(草上飛)나 답설무흔(踏雪無痕)의 경공도 초상승 경
공술이었지만 어풍비행은 그것을 뛰어넘는 초절정의 경공술
이다.

만약 무영이 지금 펼친 경공이 그것이라면 자신들은 전설
을 목격하고 있는 것이다.

'설마 아니겠지?'

고개를 흔든 부연호는 무영의 움직임에 시선을 고정시켰
다.

'대체 뭘 찾기에 저러는 것인가?'

부연호는 안력을 돋우며 무영이 착지한 절벽 쪽을 훑었다.

'피리?'

부연호의 눈 사이가 좁혀졌다.

절벽 바위틈에서 무영이 집어 든 것은 평소에 그가 품에 넣
고 다니는 두 자루의 피리 중에서 묵색을 띤 철피리였다.

몇 달 전 이곳에서 단목상군과 필생의 대결을 펼치던 중 단
목상군의 천뢰검을 막다가 떨어뜨린 것을 오늘 찾으러 온 모
양이었다.

"대책없는 놈!"

피리를 들어 올려 마치 새끼 고양이를 만지듯 품에 안고 쓰다듬는 무영을 보며 부연호는 긴 한숨과 함께 하늘을 향해 시선을 돌렸다.

한 번도 그 피리에 대해서 얘기한 적은 없지만 부연호는 그 피리가 사도맹에 있을 때 정인에게서 선물받은 것임을 짐작할 수 있었다.

언제나 심장 가까이 두며 틈만 나면 쓰다듬던 모습은 누구라도 그걸 느낄 것이다.

'그래! 평생 그 피리나 껴안고 살아라, 이 망할 놈아!'

부연호는 속으로 탄식을 삼켰다.

쉬이익—

피리를 손에 든 무영은 내려갈 때와 비슷한 모습으로 깃털이 바람에 날리듯 가볍게 절벽을 날아올랐다.

"찾는 게 그거였나?"

부연호가 뚱한 표정과 함께 물었다.

무영은 대답없이 피리를 쓰다듬었다.

염예령도 이젠 무언가를 느꼈는지 쓸쓸한 표정으로 무영이 들고 있는 피리에 시선을 고정시켰다.

한참 동안 묵색 피리를 쓰다듬던 무영은 품속으로 손을 넣어 같이 가지고 다니던 옥피리를 꺼냈다.

부연호는 와락 눈살을 찌푸렸다.

하나만으로도 청승스러운데 나머지 하나까지 꺼내는 모습을 보니 역정까지 솟아오른 것이다.

죽은 사람은 죽은 대로, 산 사람은 산 대로 살아가야 한다.

산 사람이 언제까지 죽은 사람을 끌어안고 살아서는 안 되는 것이다.

그건 산 사람을 위해서도, 죽은 사람을 위해서도 불행한 일이다.

"청승 좀 그만 떨면 안 되나?"

마침내 부연호는 고함을 질렀다.

그러나 무영은 아랑곳 않고 두 자루의 피리를 한참 동안 쓰다듬으며 내려다보았다.

정인의 영혼이 담긴 이 피리는 사운혁이 익힌 옥혈진기가 침범하지 못하는 힘이 있었다.

어쩌면 사도맹의 옥음지에서 달의 정기를 마시며 살아가던 순음지체 여인들의 영혼이 자신들의 주인이 아끼던 물건을 숭배하는 때문인지도 몰랐다.

처음 사운혁이 천뢰검으로 옥혈진기를 검기로 뿌려댔을 때 피리를 흔들자 그 핏빛 검기들이 주춤 물러났다. 그리고 사운혁의 단전에서 옥혈진기를 흡수한 단목상군이 천뢰검으로 심장을 찔러오던 순간에도 묵색 피리가 피워 올린 기운에 마주치자 주춤 흔들리며 심장을 피해 어깨 어림을 찔러 목숨을 건졌다.

결과적으로 그녀의 영혼이 무영 자신의 생명을 구한 것이나 마찬가지였다.

무영은 다시 철피리를 조심스럽게 쓰다듬었다.

삐이익!

삐이—

어느 순간 두 자루의 피리에서 기이한 음향이 흘러나왔다.

보통의 피리 소리와 다른 마치 천상의 음률처럼 아름다운 소리였다.

무영은 계속해서 두 자루 피리를 쓰다듬었다.

삐릴리—

삐이이—

피리는 입에 대고 불기라도 하듯 아름다운 음률을 토해냈다.

"아아!"

염예령이 자신도 모르게 탄성을 토했다.

듣고만 있어도 온몸의 피로가 다 씻겨 나가고 영혼마저 깨끗하게 세척되는 것 같았다.

마소창도 비슷한 느낌인지 입을 반쯤 벌린 채 황홀경에 빠져 있었다.

"더 이상은 의미없는 음률이야!"

한참 동안 피리를 쓰다듬으며 환상의 선율을 만들어내던 무영이 가라앉은 목소리로 말했다.

"왜 의미가 없다는 거냐? 내 평생 그런 아름다운 소리는 처음인데."

부연호가 긴장한 표정으로 내뱉었다.

무영의 지금 모습은 세상의 모든 아름다움과 결별하려는 듯한 인상을 주었다.

"이젠 다른 용도로 사용해야겠어."

"다른 용도?"

부연호의 표정이 더욱 굳어졌다.

"그동안 내력이 달려서… 시도하다가는 주화입마에 빠질까 봐 못해봤지."

"그래서, 뭘 하겠다고?"

부연호는 긴장을 해소하려는 듯 목소리를 높였다.

무영은 두 자루의 피리를 잠시 더 쳐다보았다.

결심은 했지만 차마 이별을 할 수 없는 것 같은 모습이었다.

"젠장!"

부연호는 다시 역정을 토했다.

"이제 시작하지."

긴 한숨과 함께 중얼거린 무영은 그 자리에서 가부좌를 튼후 양손에 각각 한 자루씩의 피리를 잡은 채 내력을 끌어올렸다.

우우웅!

무거운 내력이 끌어올려지며 무영의 옷자락이 세찬 바람을 받은 돛처럼 부풀어 올랐다. 뒤이어 주변에 있는 흙과 작은 돌멩이들이 돌풍에 휘날린 듯 솟구쳐 올랐다.

"비켜서게!"

허복양이 마소창과 염예령에게 주위를 환기시켰다.

두 사람이 움찔 놀라며 몇 발짝 뒤로 물러섰다.

우우웅—

더 무거운 진동음이 울리며 무영의 몸 주변으로 떠올랐던 흙과 돌멩이들이 이제는 사방으로 튕겨 나갔다.

부연호가 급히 강기 막을 펼쳐 염예령과 마소창을 보호했다.

"엇, 저건?"

어느 순간 마소창이 경호성을 질렀다.

무영의 양손에 들린 두 자루 피리의 모양이 서서히 변하고 있었다. 그것은 마치 양초가 강한 열에 흐물흐물 녹아내리는 모양이었다.

우우웅—

다시 진동음이 울렸다.

녹아내리듯 형체가 변하던 두 자루 피리는 이젠 완전히 밀가루 반죽처럼 무영의 손에 달라붙었다.

무영의 이마에서 땀이 쏟아져 내렸다. 그것으로 미루어 얼마나 강한 내력이 두 자루 피리에 주입되고 있는지 짐작할 만

했다.

"언제까지 저러고 있을 참인가요? 저러다간 다시 주화입마에 빠질 것 같은데."

마소창이 안절부절못하며 중얼거렸다.

허복양도 여차하면 무영에게로 뛰어들 준비를 했다.

밀가루 반죽같이 변한 피리는 한참 동안 더 이상의 변화를 보이지 않고 무영의 손에 달라붙어 있었다.

무영의 얼굴에서 더 많은 땀이 흘러내렸다.

어느 순간!

삐이익!

날카로운 파공음이 다시 흘러나왔다. 그리고 두 개의 반죽 덩어리가 급격하게 모양을 바꾸었다.

"접시로 변했어요!"

염예령이 불식간에 외쳤다.

염예령의 말대로 무영의 양손에 들린 피리는 이제 그 원래 모양은 완전히 잃어버리고 두 개의 접시 모양으로 변해 있었다.

"하앗!"

완전히 접시가 되었다 싶은 순간 무영은 기합성과 함께 두 개의 접시를 강하게 마주쳤다.

삐이익―

다시 날카로운 음향이 터져 나오며 두 개의 접시는 하나로 합쳐져 아래쪽은 비취색이고 위쪽은 짙은 묵색인 한 개의 륜(輪)으로 바뀌었다.

"저건 또 뭔가?"

부연호는 이제 완전히 원판 형으로 변한 물건을 보며 의구심 가득한 음성으로 중얼거렸다.

무영 같은 인간이 온 내력을 주입해서 만든 물건이라면 절대로 평범한 것일 리 없다. 무언가 무림사에 길이 남을 물건이 될 것이 분명해 보였다. 그런데 그 외양은 접시 두 개를 합한 것같이 평범하기만 했다.

"흐읍!"

무영은 긴 한숨과 함께 원판 모양으로 변한 피리를 내려놓고 가부좌를 틀었다. 그리고는 운기에 들어갔다.

부연호 등은 무영 주변에 빙 둘러 호법을 서며 원판 형 물건에 시선을 고정시켰다.

잠시 후 무영이 호흡을 고르며 몸을 일으켰다.

"벌써 끝난 건가?"

부연호가 눈 사이를 좁히며 물었다.

무당 수련동에서 대성을 이룬 후 무영은 아무리 내력 소모가 극심해도 숨 몇 번 쉴 동안만 운기를 하면 회복이 되었다.

"끔찍할 정도로 빠르군!"

무영이 고개를 끄덕이자 부연호는 혀를 내둘렀다.

"그런데 그 물건은 무언가? 이제는 피리라고는 못 부르겠지?"

"원앙탈명륜(鴛鴦奪命輪)이라고 하지."

무영이 담담하게 말했다.

"원앙탈명륜? 짝을 이루어 명을 끊어버리는 륜이란 말인가?"

"이름을 풀이하면 그렇지."

무영의 대답에 부연호는 인상을 썼다.

"자네 같은 인간이 온 내력을 끌어올려 만든 물건이라면 절대 범상치 않을 터인데 왜 내 귀에는 그 이름이 생소할까? 비록 술을 좋아해서 무공 연마는 게을리해도 무림 역사는 꿰뚫고 있는데 말일세."

부연호는 원앙탈명륜이란 이름을 오늘 처음 들은 것이다. 아무리 기억 속을 헤집어도 그런 이름의 병기는 떠오르지 않았다.

"방금 내가 지었으니까 당연하지."

무영이 빙긋 웃으며 답했다.

"젠장!"

부연호는 역정을 토했다.

"제대로 만든 건 확실한가? 다른 걸 만들려다 실수로 이런 모양이 나온 건 아니고?"

무영의 손에서 탄생했으니 천고의 기병일 줄 알았는데 이름마저 오늘 처음 지었다는 대답에 부연호는 기대가 왕창 무너지는 느낌을 받으며 심통을 부렸다.

"아무리 천고기병이라도 처음 만든 사람은 있게 마련이지. 그게 내가 되지 말라는 법이라도 있나?"

"그, 그거야……."

부연호는 더 이상 트집을 잡지 못했다.

무영의 말대로 천고기병도 하늘에서 뚝 떨어지지 않은 이상 최초의 제조자는 있을 것이다.

그런 사람들을 신수장공(神手匠工)이니 천수묘공(千手妙工)이니 하는 별호로 신격화시켜 부른다.

무영이라면 절대로 그들에 뒤지지 않을 것 같았다.

"애초에는 피리도 아니었지. 둥근 모양의 녹옥석과 흑철석으로, 가까이 놓고 내력을 불어넣으면 서로 끌어당기며 공진(共振)하고 공명(共鳴)하는 성질이 있어 원앙석이라 불렀지. 누군가 그 공명의 특성을 살려 두 자루 피리로 깎아 만들었는데… 순백한 영혼의 여인이 불면 천상의 음률이 흘러나온다고 했지. 그 음률은……."

무영은 무언가 설명을 계속하려다 얼른 입을 다물었다.

숨길 수 없는 감정 한줄기가 언뜻 무영의 얼굴에 떠올랐다.

"그건 그렇고."

빠르게 원래의 표정으로 돌아온 무영은 다시 말을 이었다.

"녹옥석과 흑철석은 불어넣는 내력이 강하면 끌어당기는 힘도 강해지고 공명하며 진동하는 힘도 강해지지. 또 시전자의 의지대로 모양도 바뀌어 나중에는 여의원앙석(如意鴛鴦石)이라 명명했다더군. 하지만 더 무서운 특징은 금줄처럼 떨리는 공진이었지. 그 성질을 눈여겨본 사도맹의 어떤 전설적인 장인이 이런 무기로 이론상의 설계를 하였는데 아직까지는 의도대로 만든 사람이 없어."

"그럼 자네가 전설의 주인이 되겠군."

부연호는 과장되게 감개무량하다는 표정을 지었다.

자신의 품속에 있는 마령패 역시 원앙탈명륜만큼이나 기물이다. 그것을 꺼내볼 때마다 대체 이런 물건을 어떤 인간들이 만드나 궁금했는데 그런 인간을 지금 눈앞에 보고 있었다.

"정말 제대로 만들어지긴 한 건가?"

부연호가 재차 질문했다.

바둑알같이 두루뭉술하게 생긴 외양은 전혀 위협적으로 보이지 않았다. 모서리에 날카로운 칼날도 없고 특이한 효용도 숨어 있을 것 같지 않았다. 아무리 살펴보아도 원앙탈명륜은 조금 얇은 바둑알을 확대한 모습이었다.

가장자리 부분이 톱날 같은 모양이라면 조금 더 위력적일 것 같았다. 자신이라면 그렇게 만들었을 것이다.

"시험을 해보면 제대로 만들어졌는지 그렇지 않은지 알겠지. 사실 나도 무척 궁금하다네."

무영은 원앙탈명륜이라 명명한 원판을 손에 들었다.

원앙탈명륜을 가볍게 몇 번 허공으로 던졌다 받은 무영은 천천히 손을 들어 올려 위건화를 매달아놓았던 소나무를 겨냥하고 던졌다.

쌔액—

원앙탈명륜이 섬전처럼 소나무 둥치 아래 부분을 선회하며 되돌아왔다.

투둑!

잠시 뒤에 소나무는 아랫부분이 싹둑 잘려 나가며 절벽으로 떨어져 내렸다.

"뭐야, 이거? 이 정도면 피리로도 가능하지 않았나?"

부연호는 무영이 피리를 던져 가공한 위력을 발휘하던 때를 떠올리며 말했다.

이런 능력은 차라리 피리가 나았다. 또 피리는 손에 잡기도 편하고 경우에 따라서는 검 대신 사용할 수도 있었다.

"시험 삼아 던져 본 것이니 그 정도이고… 이젠 본격적으로 한번 던져 보지!"

무영은 원앙탈명륜을 잡은 손에 내력을 주입했다.

삐이익!

제일 먼저 고막을 찢는 듯한 소성이 터져 나왔다.

"크윽!"

"아악!"

마소창과 염예령이 양손으로 귀를 틀어막으며 바닥을 굴렀다.

원앙탈명륜에서 터져 나온 소리는 단순한 음향이 아니었다. 내공이 약한 사람은 그 소리만으로도 심맥이 터져 버릴 만한 가공할 음공이었다.

무영은 얼른 원앙탈명륜에 주입한 내공을 회수했다.

"뭔가 조금 당기는군!"

가공할 음공에 자신의 기혈도 울렁이는 것을 느낀 부연호는 눈을 빛냈다.

이런 식으로 음파가 터져 나오며 날아간다면 막아내기는 몇 배로 힘들 것이다.

"내공을 얼마나 주입했나?"

"삼성 정도."

"그럼 내력을 최대로 불어넣으면 음공만으로도 수백 명을 무력화시키겠군. 멋져! 아주 멋져!"

비로소 부연호의 얼굴에 만족감이 떠올랐다.

"저 바위를 허공 오 장 정도까지 던질 수 있겠지?"

무영은 저만치 앞에 있는 바위를 가리켰다. 크기는 황소의 머리통만 했다.

"십 장 높이까지 한번 던져 보겠네. 자네라면 그 정도는 해야지."

부연호는 성큼성큼 걸어가 무영이 가리킨 바위를 가볍게 들어 올렸다.

두 사람이 바위와 륜을 각각 던질 채비를 하자 마소창과 염예령은 사색이 된 채 양손으로 귀를 틀어막았다.

"걱정 말아라. 이번에는 음파는 터뜨리지 않을 테니까."

무영이 마소창을 보며 안심시켰다. 그러나 이미 양손으로 터져라 귀를 막고 있는 두 사람은 그 소리를 듣지 못하고 더욱 세차게 귀를 틀어막았다.

"하앗!"

부연호가 기합성을 터뜨리며 바위를 집어 던졌다.

쉬이익!

황소 머리통만 한 바위가 공깃돌처럼 날아오르며 점점 작아져 갔다.

쌔애액!

무영의 손에서도 원앙탈명륜이 쏘아져 나갔다.

무영의 말대로 이번에는 가공할 음파는 터져 나오지 않고 파공음만 꼬리를 물었다.

십 장 높이의 허공에서 바위가 더 이상 솟구치지 않자 원앙탈명륜이 바위를 향해 쏘아져 갔다.

바위에 부딪치는 순간 하나로 붙어 있던 녹색과 묵색의 륜은 순식간에 두 개로 분리되며 바위를 파고들었다.

파파파파팍!

무수한 음향이 허공에서 울려 퍼졌다.

원앙탈명륜은 한 번만 바위를 가격하는 것이 아니었다.

두 개의 호금 줄에 반지를 끼우고 서로를 향해 잡아당겼다

놓으면 그 반지들이 수없이 진동하며 공간을 찢어발기듯 두 개의 륜은 그렇게 진동하며 바위를 난도질했다.

후두두둑!

잠시 후 황소 머리만 한 바위가 족히 수천 개는 더 될 듯한 돌멩이가 되어 떨어져 내렸다.

커다란 바위가 허공에 뜬 상태에서 순식간에 돌멩이 조각이 되어버린 것이다.

휘익!

하나로 합쳐진 원앙탈명륜이 돌멩이들 사이로 부드럽게 유영하며 무영의 손아귀로 날아왔다.

무영은 천천히 손을 뻗어 원앙탈명륜을 회수하고는 미소와 함께 품속에 갈무리했다.

환하게 피어오르는 미소로 보아 충분히 마음에 드는 것 같았다.

"그렇지. 이 정도는 되어야지. 그래야 자네에게 어울리지. 와하하하!"

부연호는 마음껏 웃음을 터뜨리며 커다랗게 박수를 쳤다. 그의 눈에서 이글거리는 열기와 함께 짙은 두려움도 동시에 흘러나왔다.

"성공했나요?"

바닥에 쪼그리고 앉아 필사적으로 귀를 틀어막고 있느라 제대로 보지 못한 염예령이 공포감 어린 표정과 함께 물었다.

"그런대로 쓸 만하게 만들어진 것 같군."

무영이 담담하게 답했다.

"다행입니다. 그런데 그걸 던질 때는 꼭 먼저 말씀해 주십시오. 안 그럼 제가 먼저 죽겠습니다."

마소창도 안도감과 공포감이 공존하는 표정으로 말했다.

"그런데… 이걸로도 륜을 만들 수 있겠나?"

부연호가 품속에 손을 넣어 마령패가 든 옥함을 꺼내자 마소창이 비명을 지르며 허복양 뒤로 몸을 숨겼다.

第七十八章
사천풍운(四川風雲)

장흥관일

겨울로 접어들며 중원 전역으로 한파가 몰아쳤다.

예년에 비해 훨씬 빨리 찾아온 한파는 초설마저도 빨리 몰고 와 중원 곳곳에는 하얀색으로 채색이 되기 시작했다.

원단이 지나고 입춘이 다가오자 눈은 많이 녹았지만 추위는 여전했다.

"우라질, 더럽게 춥군!"

한 번만 쳐다보아도 불한당으로 손색이 없는 외모의 사내가 역정을 터뜨리며 손을 호호 불었다. 족히 열흘은 씻지 않았을 것 같은 손은 거북이 등껍질처럼 거칠게 갈라져 있었다.

"우리가 언제부터 말 잘 듣는 개가 되었다고……."

불한당으로 손색없는 외모의 사내가 연신 불평을 터뜨렸다.

사내의 이름은 조삼(趙三)이었다. 그리고 신분은 하오문 사천성 성도(成都) 총단의 칠조 조원이었다.

그는 지금 같은 조 조원들과 함께 조경방(早慶幇)을 염탐하고 총단으로 돌아가는 길이었다.

성도 외곽에 자리를 잡고 있는 조경방은 최근 갑자기 세를 불린 흑도 문파였다.

그 이전까지도 사천에서는 제법 방귀깨나 뀐다는 문파였지만 최근 들어 그 세력이 두 배는 더 불어났다는 정보가 있어 지금 은밀하게 조사를 하고 돌아오는 중이었다.

"봄은 왜 항상 늦게 오는지 모르겠군."

조삼은 또다시 불평을 했다.

하오문 종자로 하루하루 되는대로 살아오던 그가 몇 달 전부터 딱딱한 조직 체계 속에서 엄격한 규율대로 살아가려니 좀이 쑤셔 못 견딜 지경인 것이다.

사천의 하오문은 작년 여름에 어떤 애송이 한 놈에게 완전히 접수당해 버렸다.

처음 그 소식을 들었을 때는 콧방귀를 뀌며 믿지 않았다. 아니, 도저히 믿을 수가 없었다.

사천의 하오문이 어떤 곳인데 한 놈에게 접수된단 말인가?

차라리 사천의 쥐 떼를 하나로 모은다는 말이 더 신빙성있게 들릴 것이다.

그래서 그 소식이 들릴 때마다 콧방귀만 뀌고 있었는데 서너 달 후부터는 그 여파가 자신에게도 덮쳐 왔다.

하오문을 접수했다는 애송이는 어떤 수단을 부렸는지 들쥐 떼처럼 각지에 흩어져 있던 하오문을 조금씩 체계적인 조직으로 옥죄어가기 시작했다.

그렇게 시작된 흐름은 '어라, 이게 아닌데?' 하는 순간 조삼 자신마저 총단의 칠조 조원이 되어 있었다.

조장의 이름은 정대룡이었는데 딱 보아도 그는 하오문 출신이 아닌 다른 조직에서 엄격하게 훈련받은 티가 역력해 보였다.

첫인상은 나쁘지 않았다.

서글서글한 눈매에 무골호인 형이었다.

그러나 그건 오로지 사적인 자리에서였고 공적인 자리에서는 독종도 그런 독종이 없었다.

엄격한 조직이란 것이 전혀 어울리지 않는 자신들이었기에 조장이라는 자가 본단에서 내려왔다는 소식을 듣는 순간부터 벼르고 있었다. 그래서 첫 대면에서부터 의도적으로 거들먹거리며 시비를 걸었다.

무골호인 같은 그는 빙그레 웃으며 손가락을 까닥거렸다. 그리고는 한마디 했다.

"덤벼!"

물론 덤볐다. 그것도 한꺼번에.

그리고 한꺼번에 나가떨어졌고, 죽도록 두들겨 맞았다. 두 번 다시는 개개고 싶은 생각조차 들지 않도록.

제발 그만하자고 애원하고 나서야 일방적인 구타는 막을 내렸고, 다시 서글서글한 인상으로 돌아온 그는 덧붙였다.

"예전에 내가 알던 어떤 공자가 이렇게 말했지. 당신은 그 물러터진 성격 덕분에 전쟁터로 나가면 제일 먼저 죽게 될 것이라고. 그래서 좀 고쳤지. 빌려준 돈도 못 받고 죽으면 안 되겠기에."

무슨 뜻인지 알 수는 없지만 성질 더럽게 변한 것은 인정해야 했다. 그리고 그때부터 깍듯이 모실 수밖에 없었다.

"제기랄!"

그때 생각을 하며 조삼은 다시 역정을 토했다.

"입 좀 닥치고 가면 안 되나요?"

날카로운 여인의 목소리가 고막을 때렸다.

총단의 홍련단(紅蓮團) 조원인 묘화였다.

날카로운 눈매에 암고양이같이 사나운 그녀는 조경방의 염탐에 부부로 위장하기 위해 같이 파견된 여자 문도였다.

하오문의 여자 문도들은 숫자가 적었기에 모두 총단의 홍련단에 소속되어 있었다.

'휴우!'

조삼은 속으로 한숨을 내쉬었다. 그녀에 비하면 그래도 자신은 호강하는 셈이었기 때문이다.

홍련단의 단주이자 총사인 그녀에 비하면 자신들 조장 정대룡은 그야말로 부처님이다.

정체는 알 수 없지만 홍련단 단주는 지옥나찰이라고 할 만큼 독하고 차갑다고 했다.

부임하자마자 그녀는 그 사납던 여인들을 하나하나 제압하여 혹독하게 훈련시켰다고 한다. 그 훈련이 얼마나 지독했으면 단 두 달 만에 여자 문도들의 눈빛이 변해 버렸다고도 했다.

같이 움직이고 있는 묘화 역시 그래서 더 사나운 것 같았다.

"내 입 가지고 불평도 못하나."

조삼이 뚱한 표정으로 대꾸했다.

"그런다고 달라질 게 없잖아요. 그리고 그런 불평할 시간 있으면 총사 앞에서 어떻게 조리있게 설명할지 생각이나 해 둬요! 그곳에서 어리바리하게 굴다가 망신당하지 말고."

묘화는 쌀쌀맞게 말하고는 걸음을 더 빨리 했다.

"젠장!"

다시 역정을 터뜨린 조삼도 걸음을 빨리 했다.

평소 몸이 날래고 눈치가 빨라, 그리고 예전에 조경방 근처에서 파락호 짓을 했기에 이번 일에 동원되었지만 조리있는 보고니 뭐니 하는 것은 소질없었다.

조삼과 묘화가 골목을 몇 개 돌아 약속 장소에 도착했을 때 그들을 부르는 나지막한 목소리가 들렸다.

조삼이 속한 조의 조장 정대룡이었다.

"조장!"

조삼이 반가운 음성과 함께 정대룡에게로 달려갔다.

"어떻게 마중을 다 나왔습니까?"

조삼이 놀란 눈으로 물었다. 묘화도 의외라는 듯 정대룡을 쳐다보았다.

"총단이 이사를 했네."

정대룡이 싱글거리며 답했다.

"또 말입니까?"

조삼과 묘화 두 사람이 이구동성으로 되뇌었다.

"자네들이 없는 사이 한 번 더 했다네."

정대룡이 웃으며 답했다.

제일 처음 하오문 총단은 조그마한 건물 한곳에 자리를 잡았는데 백 명 정도밖에 머무르지 못할 만큼 작은 곳이었다.

그러나 그것만으로도 감지덕지였다.

총단이라는 말 자체도 하오문에게 생소했고, 백 명이나 상주할 수 있는 번듯한 건물이 생겼다는 것은 가슴을 뛰게 하는 일이었다.

그런데 그곳에서 채 한 달도 머무르기 전에 최소한의 인원만 남겨놓고 제법 멀리 떨어진 곳으로 밤을 틈타 은밀하게 이사를 했다.

무슨 영문인지는 모르지만 새로 이사한 곳은 예전의 곳보다 몇 배는 더 넓고 더 쾌적했다. 당연히 더 마음에 들었다. 그런데 임무를 마치고 돌아오는 사이에 또 이사를 했다는 말이다.

"예전보다 더 큰 곳인가요?"

묘화가 눈을 반짝이며 물었다.

은밀하게 이사를 하는 이유야 어떻든 더 큰 건물로 본거지를 옮긴다는 것은 정말 환호성을 지를 만한 일이다. 그동안 여인으로서 집 없이 풍찬노숙을 한 설움이 컸기에 더욱 그랬다.

"물론이오. 이번에는 저번보다 네 배는 더 큰 건물로 이사를 했소. 물론 빌린 건물이긴 하지만 정말 멋진 곳이오."

정대룡은 싱글벙글 웃으며 답했다.

묘화의 표정이 환하게 밝아졌다. 감동이 컸는지 그녀의 가슴이 표시 나게 오르내렸다.

"어서 안내해 주세요."

묘화는 흥분된 목소리로 말하며 정대룡을 재촉했다.

"그러지요."

정대룡이 빙긋 웃으며 걸음을 옮겼다.

"여우같은 놈들! 꼬리를 잡을 수 없더니 몇 번씩이나 본거지를 옮긴 모양이군."

정대룡과 조삼 등이 사라지고 나자 골목 한쪽에서 몇 개의 그림자가 나타났다.

날렵한 경장 차림에 검을 찬 인영들이었다.

"저놈들이 정말 하오문 종자들이 맞나?"

제일 뒤에 선 인영이 이해가 안 된다는 음성으로 물었다.

"맞습니다. 계집은 모르겠지만 사내놈은 제가 알던 놈입니다. 조삼이라고, 눈치가 빠르고 임기응변이 탁월한 놈입니다."

"그렇다면 맞는 말인데…… 언제부터 하오문 놈들이 저렇게 조직적이었지? 마치 잘 짜인 군대처럼 움직이고 있지 않은가?"

사내는 기가 막힌다는 듯 고개를 흔들었다.

"누군가 우리가 예상치 못한 자들이 저들을 조종하고 있는 것 같습니다."

부하로 보이는 사내가 답했다.

"절대로 하오문 놈들이 아니야."

사내는 낮게 중얼거렸다.

벌써 여러 번 그런 낌새를 느꼈지만 놈들은 철저한 점조직으로 이루어져서 찾아내기가 어려웠다.

그동안 본거지라 생각한 곳을 찾아냈으나 그곳 역시 어딘가의 지시를 받고 움직이는 하부 조직이었다. 놈들은 여러 개의 여우 굴을 뚫어놓고 있었던 것이다. 그 후 좀 더 끈질긴 조사 끝에 이곳이 가장 깊숙한 여우 굴임을 확신했다.

"대체 어떤 놈들일까?"

"이제껏 미행했던 놈들에 비해 저놈들은 조금 다른 것 같습니다. 아마도 저놈들이 가는 곳에 놈들이 웅크리고 있을 것 같습니다."

사내 하나가 확신에 찬 목소리로 말했다.

"그렇다면 그곳에 있는 놈들을 모조리 때려잡으면 알게 될 일이군. 우리는 계속 미행할 테니 너희는 뒤의 대원들과 일정한 간격을 유지해라. 교활한 놈들이라 낌새를 차리고 다른 곳으로 샐지 모르니까."

"알겠습니다!"

짤막한 대답과 함께 사내들이 분분히 흩어졌다.

*   *   *

"먼저 호진보(胡塵堡)에 대해서 조사한 것부터 보고해 보세요."

새로 이사한 하오문 총단 건물의 한 실내에서 여인의 목소리가 울렸다.

무영의 지시에 의해 천종화와 함께 사천 하오문의 일을 맡고 있는 염지란이었다.

무영이 맡긴 그녀의 임무는 하오문의 여자 문도들을 규합하고 다스리는 것이었다. 그러나 천종화보다 오히려 더 무공이 뛰어나고 조양방에서 염천기의 그림자로 염천기와 공야흠이 일 처리하는 방식을 수년간 보아온 그녀는 천종화를 보좌하는 입장에서 이젠 주도적으로 일을 처리하고 있었다. 천종화 역시 그런 그녀를 총사로 임명하고 반 이상 권한을 위임한 상태였기에 그녀의 진가는 더욱 빛을 발휘하고 있었다.

처음에는 암탉이 운다고 거부감을 나타내던 사람들도 그녀의 높은 무공과 능수능란한 일 처리에 자연 승복하며 그녀를 믿게 되었다. 물론 그녀의 미모에 처음부터 굴복한 사람들도 많았지만.

"제가 조사한 바로는 호진보는 지금 전쟁 준비를 하고 있는 것 같습니다."

광대뼈가 튀어나오고 눈매가 날카로운 사내 하나가 긴장한 표정으로 운을 떼었다.

"전쟁 준비?"

염지란의 눈매가 날카로워졌다.

호진보뿐만 아니라 다른 곳에서도 비슷한 보고가 들어오고 있었다.

현재 사천의 흑도 문파들은 대부분 비슷한 움직임을 보이고 있었다. 그들은 작년 가을부터 갑자기 분주하게 움직이며 전력을 정비하고 있었다. 그때는 이곳 하오문도 내부 정비를 하는 시기여서 제대로 파악하지 못했지만 지금 와서 보니 사천에 자리 잡은 대부분의 흑도 방파들이 비슷한 움직임을 보이고 있는 것이다.

"그렇습니다. 그들은 누군가의 지시에 따라 일목요연하게 움직이는 것 같았습니다. 그건 절대로 이제까지 그들이 보인 움직임이 아니었습니다."

사내는 자신이 느낀 바를 간단히 설명했다.

"결국 사천 흑도 문파들이 보이지 않는 손에 의해 일사불란하게 움직이고 있단 말이군요."

천종화가 긴장한 표정과 함께 사내의 말을 받았다.

본격적인 정보 수집과 함께 서서히 드러나는 윤곽이었다. 그리고 그것은 오래전부터 예상하고 있는 것이기도 했다.

사천성 흑도의 패자인 천가보가 무너짐으로 해서 사천성의 흑도무림은 무주공산이 되었고, 그 자리를 어떤 보이지 않는 힘이 조종하고 있었다. 그리고 그 힘은 지금 무언가 준비를 하고 있는 것이다.

'무황성!'

천종화는 이를 세차게 갈았다.

그 힘은 무황성이 틀림없었다. 놈들이 자신의 가문을 무너뜨린 것은 이런 상황을 만들기 위함이었다.

'놈들의 목적이 무언가? 마련과 사도맹에 이은 흑도의 궤멸?'

천종화는 주먹을 불끈 쥐었다.

흑도를 혼란에 빠뜨린 후 서로 피 터지는 싸움을 벌이게 하여 공멸하게 하는 것!

천종화가 내린 결론은 그것이었다.

'하지만 네놈들 마음대로만은 되지 않을 것이다.'

천종화는 다시 이를 갈았다.

"부문주!"

염지란이 낮게 천종화를 불렀다. 이를 가는 소리가 다른 사람들에게까지 들린 때문이었다.

"이 부러지겠어요."

염지란의 지적에 천종화는 얼른 표정을 풀고 입맛을 다셨다.

"죄송합니다, 총사님. 제가 딴생각을 좀 하는 바람에……."

천종화는 고소를 피워 올린 후 말을 이었다.

"그럼 그들이 누구와 싸움을 벌이려는지 알 수 없었소?"

"그것까지는 모르겠습니다. 그들도 대부분 모르는 것 같았습니다. 수뇌부만 알고 있지 않나 생각됩니다."

사내는 고개를 흔들며 답했다.

"수고 많았어요. 숙소로 가서서 푹 쉬도록 하세요."

염지란이 치하를 해주자 사내는 화색이 도는 얼굴과 함께 물러났다.

그리고 몇 사람이 더 보고를 했다. 보고의 내용은 대동소이

했다.

사천의 흑도 문파들이 대부분 전쟁 준비를 하고 있었고, 그 시기가 임박했다는 것을 느낄 수 있었다.

"문주님께 연락을 해야겠어요."

모든 사람들이 물러나고 둘만 남게 되었을 때 염지란이 말했다.

사석일 때 천종화는 염지란에게 깍듯이 누님이라고 불렀지만 염지란은 여전히 말을 높이고 있었다.

"지금쯤 사천 한복판으로 들어왔을 텐데 정확히 어디에 있는지는 모르겠군요."

천종화가 난색을 표했다.

그동안은 무영이 연락을 해왔고 그대로 따르면 되었다. 그리고 부득이 이쪽에서 연락할 땐 개방의 천리신구를 이용해 무영이 정해준 개방의 지부로 보냈다.

가장 최근에 연락을 보낸 곳은 사천성 외곽에 있는 개방분 타였다. 그러니 무영은 그동안 호북에서 사천성으로 들어왔다는 말이다. 그리고 그 이후부터는 연락이 끊겼다.

"저번에 보낸 곳으로 보내면 될 거예요. 개방이 알아서 연락을 하겠지요."

염지란은 약간 들뜬 표정으로 말했다.

무영이 사천성에 들어와 있다는 사실이 그녀의 가슴을 뛰게 만들었다.

정확히 사천의 어디서 무엇을 하는지는 몰라도 사천에 와 있다는 것은 확실했다. 어쩌면 지금쯤 성도에 들어와 무슨 일을 꾸미고 있을지도 몰랐다.

그가 가까이 있다는 사실!

그것만으로도 세상 아무것도 겁날 것이 없었고 호흡마저 가빠졌다.

'미쳤군!'

염지란은 세차게 고개를 흔들어 잠시 흐트러졌던 마음을 가다듬었다.

그는 다정다감한 사람도 아니고 정을 주어서도 안 될 사람이다. 아니, 그 이전에 자신은 그 누구에게도 정을 주지 않고 아버지의 그림자로 살 것이다. 그리고 아버지가 돌아가신 이후에는 조양방을 떠나 세상을 활보할 것이다. 그런 면에서 이곳에서의 생활은 좋은 경험이 될 것이다.

염지란은 낮게 한숨을 내뱉었다.

"그렇게 하면 되겠군요. 무슨 이유인지 최근에는 연락이 끊어졌지만 용의주도하다 못해 소름이 끼칠 정도로 철저한 사람이니 그들과는 연락의 끈을 이어놓았을 겁니다."

천종화는 고개를 끄덕이며 말했다.

"누구냐!"

천종화의 말이 끝남과 동시에 밖에서 고함 소리가 들렸다. 그리고 날카로운 쇳소리와 비명 소리가 같이 들려왔다.

염지란과 천종화는 동시에 몸을 일으켰다. 그리고 검을 집어 들고 밖으로 쏘아져 나갔다.

여러 명의 사내가 담을 넘어 장원 안으로 뛰어들고 있었다.

가벼운 경공으로 담을 뛰어넘는 것으로 보아 모두 만만치 않은 무공을 소유하고 있는 것 같았다.

"아악!"

먼저 뛰어든 두 사내들의 검격에 하오문 문도 몇 명이 비명을 지르며 바닥을 굴렀다.

쓰러짐과 동시에 폭포수 같은 선혈이 터져 나오는 것으로 보아 절명한 것이 틀림없었다.

"되도록 사로잡되 반항하면 도륙해도 좋다!"

우두머리인 듯한 사내가 고함을 질렀다. 부하들은 물론 하오문 문도들이 듣게끔 치는 고함이었다.

사내의 고함 소리와 함께 그 부하들이 둥글게 포위망을 형성하며 안으로 좁혀 들어왔다.

"으으……"

하오문 문도들이 신음을 토했다.

그들로서는 아예 상대가 안 되는 사람들이었다.

문도 중 몇몇은 무공도 익히고 있었지만 그들은 간부들일 뿐이다. 대부분의 문도들은 무공이 일천한 수준이었다.

삼류 정도의 실력만 되어도 혹도 방파의 하급무사로 들어가지 왜 하오문 거지로 살겠는가?

그들에게는 잡초 같은 생명력과 세상 구석구석에서 주워들은 정보가 무기일 뿐 주먹이나 칼이 무기가 아니었다.

"모두 뒤로 물러서세요!"

앙칼진 고함 소리와 함께 염지란이 장내로 날아 내렸다.

뒤를 따라 천종화가 표홀한 신법으로 포위망 안으로 뛰어들었다.

"호오!"

염소수염을 한 사내가 감탄사를 터뜨렸다.

하오문에서는 절대로 볼 수 없는 실력이었기 때문이다. 거기에다 도저히 하오문에 어울리지 않는 미모!

"이것들이 뱀 대가리인 모양이군!"

다른 사내 하나가 눈을 빛내며 말했다.

그동안 몇 번을 허탕을 쳤다. 그리고 이곳이 최종적으로 자신들이 찾는 곳임을 알았다.

그 속에서 튀어나온 범상치 않는 일남 일녀의 고수!

그동안 확보한 정보에 의하면 저들 일남 일녀가 이 모든 일의 주재자임이 분명했고, 또 자신들이 사로잡아 가야 할 존재들이었다.

"저것들은 생포하고 다른 놈들은 모조리 도륙해라!"

염소수염을 한 사내가 차가운 목소리로 명령을 내렸다. 검을 뽑아 들지도 않고 느긋하게 뒷짐을 지고 있는 것으로 보아 이들 중 우두머리임이 분명했다

염소수염사내의 명령에 따라 네 명의 사내가 염지란과 천종화를 향해 포위망을 형성했고 나머지 사내들은 마구잡이로 검을 휘둘러 나갔다.

"크윽!"

"으윽!"

검의 궤적에 걸린 하오문도들이 비명을 지르며 쓰러졌다. 그들도 자신의 병기를 빼 들고 저항을 해보았지만 어른 앞에 선 삼척동자의 손짓에 지나지 않았다.

"모두 물러서라!"

정대룡이 고함을 지르며 앞으로 튀어나갔다. 그를 따라 조양방에서 온 조장들이 검을 휘두르며 사내들을 막아서 갔다.

조장들은 대부분 문도들과 함께 조를 이뤄 밖으로 나간 터라 총단에는 몇 명 남아 있지 않았다. 또한 조양방에서 같이 온 두 명의 대주 역시 이사 오기 전의 총단에 있어 부문주와 총사 외에는 칼을 제대로 휘두를 수 있는 사람은 자신들뿐이란 것을 절감하고 있었다.

"얼씨구!"

어중이떠중이 하오문도들과는 사뭇 다른 몸놀림을 본 복면인들이 잠시 뒤로 물러섰다.

"알맹이도 몇 명은 있군. 좋아, 그래야 검을 휘두를 맛이 나지. 이놈들부터 쳐라!"

상황을 파악한 복면인들이 다시 검을 휘둘러 왔다.

그들은 순식간에 조양방에서 온 조장 급 무사들을 파악하고 우선적으로 그들을 향해 공격을 해나갔다. 그들만 쓰러뜨리고 나면 나머지는 가만히 놓아두어도 쥐새끼처럼 흩어질 오합지졸임을 간파한 것이다.

쨍!

쨍!

비명 대신 병장기 부딪치는 소리가 터져 나왔다.

정대룡 등을 비롯한 조양방의 조장들은 하오문도들과 달리 속절없이 쓰러지진 않았기 때문이다. 하지만 사내들은 조양방 조장들의 무공도 한참 뛰어넘는 고수들이었다. 차츰 조장들도 뒤로 밀리며 포위망이 압축되기 시작했다.

"크윽!"

최초로 조장 한 명이 비명을 지르며 쓰러졌다.

"넌 저들을 도와!"

염지란이 천종화를 향해 단호하게 말했다.

다급한 상황이 되니 그녀는 천종화에게 하대를 했다.

"누님은?"

"내 걱정은 하지 말고, 어서!"

염지란이 고함을 질렀다.

잠시 망설이던 천종화가 이를 앙다물며 앞으로 치고 나갔다. 포위망을 뚫은 그는 조장들을 베어 넘기는 흑의인 한 명의 검을 쳐내며 세차게 검을 휘둘렀다.

그를 따라 염지란도 쾌속하게 검을 휘둘러 나갔다.

휘이잉!

염지란의 검이 시린 검풍을 뿜어냈다.

무영이 준 여섯 초식의 검법을 완전히 자기 것으로 만든 그녀의 검은 이젠 무시 못할 고수의 수준에 올라 있었다.

"헛!"

방심하고 있던 복면인 하나가 경호성을 토하며 신속히 검을 휘둘렀다. 그러나 염지란의 검은 세찬 물살을 거슬러 올라가는 잉어처럼 복면인의 검초를 헤집으며 가슴을 갈라갔다.

파앗!

사내의 늑골 부근이 쩍 갈라지며 피분수가 튀어 올랐다.

마지막 순간 거의 검을 버리다시피 하며 필사적으로 상체를 튼 결과 심장이 갈라지는 상황은 면했지만 사내는 갈비뼈가 훤히 드러나는 중상을 입었다.

휘리릭!

다시 염지란의 검이 허공을 갈랐다.

"비켜라!"

전혀 예상 못한 반격에 염소수염사내가 고함을 지르며 쇄도해 들었다.

쨍!

염지란의 검이 염소수염사내의 검에 부딪치며 불똥이 튀었다.

"이런 죽일 년이!"

염지란의 검을 막아내고 대치한 사내의 눈이 복면 사이로 차갑게 빛났다.

짧은 시간 내에 하오문도들을 규합하여 마음대로 조종하고 있는 인간들이라면 보통이 아닐 것이란 예상은 하고 있었는데 예상보다 더 강했다.

염소수염사내의 눈이 뱀처럼 차갑게 염지란을 훑었다.

이제까지 접한 적이 없는 기이한 검법이다.

정파의 검법처럼 중후한 것 같으면서도 마지막 순간 부하의 늑골을 가차없이 갈라가는 수법은 사도나 마도의 신랄함을 오히려 뛰어넘었다.

휘익!

휘익!

바람 소리가 들리며 다시 수십 명의 사내가 담을 넘어서고 있었다.

그동안 본거지를 찾다가 몇 번 허탕을 친 사내들은 혹시 인근에 비밀 통로나 또 다른 본거지가 있지 않을까 포위망을 형성하다가 모조리 들이닥치고 있는 것이다.

"망할!"

천종화가 잇새로 억눌린 고함을 토해냈다.

지금 들이닥친 놈들만으로도 역부족을 느꼈다. 그런데 이젠 훨씬 더 많은 놈들이 담을 넘고 있었다. 저들도 이놈들과 비슷한 수준이라면 전멸을 면치 못할 것이다.

"아악!"

"아아악!"

새로 담을 넘어 들어온 사내들의 칼부림에 도망을 치던 하오문도들이 연신 쓰러지며 비명을 질렀다. 그로 인해 흩어지던 하오문도들이 다시 안으로 모여들며 더욱 엄중한 포위망에 갇힌 꼴이 되었다.

"지겨운 것들. 이제야 모두 껍질을 벗길 수 있겠군."

염소수염의 사내가 차가운 눈빛과 함께 염지란을 쳐다보았다.

절대로 하오문에 있을 계집이 아니었다. 그래서 정체가 더욱 궁금했다.

"순순히 무기를 버리면 목숨은 살려주겠다. 반면 계속 반항한다면 저놈들을 한 명도 남김없이 모조리 베어버리겠다!"

염소수염의 사내가 공력을 불어넣어 말했다.

염지란은 물론 다른 사람들에게도 들리게 하기 위함이었다. 그럼으로 해서 염지란의 행동에 제약을 가하고 사로잡을 생각이었다.

사내의 말에 모든 하오문도들이 벌벌 떨며 염지란과 천종화만 쳐다보았다.

포위망을 형성한 사내들의 잔인함을 직접 목격했기에 그의 말이 사실이라는 것은 추호도 의심치 않았다.

염지란의 눈이 심하게 흔들렸다.

비록 시궁창의 쥐 떼보다 더 비참하게 살아온 사람들이지만 생에 대한 욕구는 왕후장상이나 다를 바가 없었다. 이제까지 비참하게만 살아왔기에 더 나은 내일을 기대하는 욕구는 오히려 더 강했다.

"셋을 세겠다. 그때까지도 검을 버리지 않으면 네 부하를 모조리 도륙하겠다."

염소수염의 사내가 한 번 더 협박했다. 그런 그의 눈에서 잔인한 살기가 흘러넘쳤다.

"누님! 안 됩니다!"

천종화가 눈을 번득이며 고함을 질렀다.

검을 버린다고 해서 살려줄 놈들이 아니었다. 흔적을 남기지 않기 위해 모두 죽이고 떠날 것이다. 그러나 그런 것을 생각지 못한 하오문도들이 웅성거리다가 발작적으로 고함을 질렀다.

"살려주시오, 부문주!"

"우리는 시키는 대로 했소! 그런데 왜 우리가 모두 죽어야 하오! 살려주시오, 총사!"

소란은 급기야 전체로 퍼져 나갔다.

"입 닥쳐, 이 비겁한 놈들아!"

몇몇 조장들이 고함을 질렀다. 그러나 소란은 가라앉지 않았다.

몇 달 동안 엄격한 규율과 통제가 있었지만 하오문도들이 하루아침에 철혈의 무사가 될 수는 없었다. 이런 상황에서는 잘 훈련된 무사들이라 하더라도 흔들릴 수밖에 없다.

염지란의 어깨가 천천히 아래로 처졌다.

그들의 말대로 그들은 시키는 대로 충실히 따랐을 뿐이다. 그 대가가 처절한 죽음이라면 그들의 인생은 너무나 비참했다.

"그런다고 살려줄 놈들이 아닙니다, 누님!"

천종화가 고함을 질렀다.

"알아. 하지만 우리만 쳐다보는 사람들이야. 그들에게 마지막 순간까지 배신감에 휩싸여 죽게 하고 싶지는 않아."

염지란이 천천히 검을 내렸다.

第七十九章

음모의 전말

장흥관일

"후후!"

염소수염의 사내가 나직한 웃음을 흘렸다.

"후후!"

똑같은 음조의 웃음소리가 장내에 울려 퍼졌다. 마치 염소수염의 사내가 한 번 더 웃음을 터뜨리는 것 같았다. 그래서 다른 사람들은 아무런 신경을 쓰지 않고 있었다.

반면 염소수염의 사내는 화들짝 놀라며 고개를 돌렸다.

결코 자신의 웃음소리가 아니었다. 또한 그 웃음소리 속에 실린 공력은 가슴을 철렁하게 만들었다.

"웬 놈이냐?"

염소수염의 사내가 고함을 쳤다. 그제야 그의 부하들도 흠칫 놀라며 사방을 두리번거렸다.

"그동안 좀 변했을 줄 알았더니… 하나도 나아진 게 없군!"

여전히 사람은 보이지 않고 공력이 실린 음성만이 장내를 가득 뒤덮었다.

"아!"

염지란이 자신도 모르게 소리를 질렀다.

비난 가득한, 더 나아가 신랄함마저 느껴지게 하는 목소리!

죽어도 잊지 못할 그 목소리였다.

주르르!

염지란의 눈에서 눈물이 흘러내렸다.

"문주!"

천종화도 벼락을 맞은 듯 부르르 떨며 고함을 쳤다.

스스스!

포위망 한복판에서 유령처럼 무영의 신형이 솟아올랐다.

"으악!"

"어헉!"

근처에 있던 하오문도 몇 명이 기절초풍할 듯 비명을 질렀다. 무영의 흑색 경장 차림이 쳐들어온 사내들과 흡사했기 때문이다.

"무영아!"

조양방에 있을 때 무영에게 가장 호의적이었던 정대룡이

얼이 빠진 표정과 함께 쳐다보다가 고함을 질렀다.

현재의 바뀐 신분을 떠나 정대룡은 조양방 회기대 말단 조조원일 때의 호칭으로 불렀다.

"오랜만입니다, 형님. 여기 와 있을 줄 알았습니다."

무영이 빙긋 웃으며 말했다.

무영의 짐작대로 정대룡은 조장 방소추를 밀어내고 자신이 대신 이곳으로 지원한 것이었다.

"허허… 허허허!"

정대룡은 더 이상 말을 잇지 못하고 실성한 인간처럼 웃음만 흘렸다. 무영이 어떤 사람인지 익히 알고 있는 그의 얼굴에는 더 이상 한 점의 두려움도 남아 있지 않았다.

"지금 당장 무기를 내려놓으면 목숨은 살려주지."

장내를 한 번 둘러본 무영은 품에서 원앙탈명륜을 꺼내 들며 포위망을 구축한 사내들을 향해 말했다.

"푸하하!"

염소수염 옆에 있던 사내 하나가 광소를 터뜨렸다.

허장성세(虛張聲勢)도 이 정도면 예술적 수준이 아닌가? 아무리 무공이 뛰어나다고 한들 단 한 명으로 전세를 역전시킬 상황은 아니었다.

"못하겠다면?"

"당연히 못 살려주지."

"푸하하― 크윽!"

사내의 웃음이 이상하게 종결되었다. 그리고 그 웃음의 종결은 생명의 종결과 맞물렸다.

파아앗!

반쯤 잘린 사내의 목에서 피분수가 터져 나왔다.

사내는 잠시 동안 그 피가 어디서 쏟아져 나오는지 어리둥절한 표정을 지었다. 그리고 피의 출처를 안 순간 쿵 하고 바닥으로 나뒹굴었다.

불신을 가득 담은 모든 시선이 무영에게로 집중되었다.

아무도 무영의 움직임을 보지 못했다. 그는 처음 있던 그 자세 그대로 여유롭게 서 있었다. 그런데 그를 향해 조소를 퍼붓던 사내는 목이 반 이상 잘려 고혼이 되었다.

"한 번 더 기회를 주지. 무기를 버리면 살려주겠다."

무영이 싸늘하게 말했다.

"이런 개자식…… 크윽!"

또 한 명의 사내가 목이 반쯤 잘려 쓰러졌다. 그리고 무영은 그 자리에 여유롭게 서 있었다.

"대체?"

사내 하나가 불식간에 외쳤다. 그러나 그 사내 역시 목을 부여잡고 쓰러졌다.

"말은 필요없고… 무기만 버려!"

"……."

"이젠 무기를 버려도 늦었어!"

휘익!

미세한 바람 소리 한 가닥과 함께 원앙탈명륜이 허공을 갈랐다. 그리고 그것이 무영의 손에 다시 돌아왔을 땐 외곽에서 포위망을 좁히고 있던 사내들 반이 쓰러졌다.

휘익!

다시 원앙탈명륜이 무영의 손을 떠났다.

"피해!"

염소수염사내가 찢어져라 고함을 질렀다.

뒤늦게 사태를 파악한 사내들이 자신의 목을 향해 날아오는 무언가를 향해 도검을 휘둘렀다.

째째째째쨍!

날카로운 금속성이 연속적으로 터져 나왔다.

옥륜(玉輪)에 부딪친 검에서 터져 나오는 소리였다. 그러나 그것이 한계였다. 옥륜과 함께 공진하며 날아오는 묵륜(墨輪)은 여지없이 그들의 목을 할퀴며 지나갔다.

쿵!

쿵!

외곽을 포위하고 있던 나머지 사내들이 거의 동시에 통나무처럼 쓰러졌다. 그럼에도 불구하고 원앙탈명륜은 피 한 방울 묻히지 않고 무영의 손에 들려 있었다.

무영은 원앙탈명륜을 품속에 집어넣었다. 남은 사내들은 한꺼번에 죽이기보다는 생포하여 정보를 캐낼 생각이었다.

"이, 이놈!"

염소수염사내가 검을 움켜쥔 손을 부르르 떨며 원독 가득한 음성을 토했다.

"당신이 우두머린가? 그렇다면 나도 당신이 저 여인에게 했던 것과 똑같은 제안을 하지. 당신만 곱게 잡혀주면 부하들은 살려주지."

무영이 염소수염사내를 쳐다보며 차가운 미소를 흘렸다.

사내의 볼살이 부르르 떨렸다.

아직까지 현실감이 느껴지지 않았다. 더 나아가 상황을 냉정하게 판단할 능력마저 상실했다.

휘익!

염소수염사내가 한 점 망설임 없이 검을 치켜들었다.

"최소한의 자격도 없는 인간이군!"

무영이 사형선고를 내리듯 말했다.

흔들!

무영의 상체가 미세하게 흔들린다고 느껴지는 순간 그의 신형은 어느새 오 장의 거리를 순식간에 좁히며 염소수염 앞으로 육박해 들어가고 있었다.

염소수염이 미친 듯이 검을 뿌렸다. 그러나 무영은 어느새 그의 뒤로 돌아가고 있었다.

"크윽!"

염소수염이 뒤늦게 비명을 지르며 폭포수 같은 선혈을 토해냈다.

"크윽!"

"큭!"

단말마의 비명이 동시에 터지며 염소수염의 부하들도 바닥으로 쓰러졌다. 그러나 그들은 염소수염과는 달리 치명상은 입지 않고 저항 불능의 상태로 바닥에 처박혀 인질이 된 것이다.

"공자님……."

염지란이 바로 앞까지 다가온 무영을 망연한 눈으로 쳐다보았다. 그녀의 눈에는 아직도 눈물이 마르지 않고 있었다.

"여전하시군."

무영이 피식 웃으며 말했다.

"당신도 마찬가지예요."

염지란도 흐릿하게 미소를 지었다.

"아마 아닐걸."

무영이 고개를 저었다.

"아뇨, 마찬가지예요."

염지란도 고개를 흔들었다.

"그렇다면 그동안 헛살았다는 말인데… 십 년 공부 나무아미타불이로군. 쩝!"

무영이 입맛을 다셨다.

"문주! 난 눈에도 안 보이오?"

천종화가 뚱한 표정과 함께 목소리를 높였다.

"고생 많았소."

무영이 고개를 끄덕이며 말했다.

"엎드려 절 받기요. 하하!"

천종화가 미소를 지었다. 그리고는 두 팔을 번쩍 들어 올린 채 한 바퀴 돌았다.

"소개하겠소. 그동안 내가 누누이 말했던 문주님이시오."

잠시 정적이 흘렀다.

무공에 있어서는 삼류도 못 되는 그들이었지만 무영의 신위가 어느 정도인지는 짐작이 가능했다. 절대로 하오문 문주나 할 사람이 아니었다.

"본인이 극구 하겠다는데 어쩔 것이오."

문도들의 의중을 읽은 천종화가 다시 고함을 쳤다.

"와아!"

"우와아―!"

한두 줄기씩 흘러나오던 함성이 급기야 우레가 되어 터져 나왔다.

"아악!"

"크아악!"

함성이 잦아질 즈음 담장 밖에서 처절한 비명성이 울렸다.

환희에 젖어 있던 하오문도들의 표정이 다시 굳어졌다. 더 많은 놈들의 잔당이 쳐들어오는 것으로 여긴 때문이었다.

휘익!

휙!

일단의 사람들이 담장을 넘었다.

하오문도들이 급급히 무영이 있는 쪽으로 모여들었다. 지금 그들에게는 무영이 생명 줄이었다.

"벌써 끝났나?"

방갓으로 반쪽 가면을 가린 부연호가 주변을 둘러보며 말했다.

담을 넘은 사람들은 부연호와 마소창, 염예령, 허복양이었다. 그들은 건물 외곽에서 포위망을 형성하고 있는 복면인들을 처리하고 합류한 것이다.

휘익!

휘익!

이번에는 반대쪽에서 담을 넘는 소리가 났다.

이 년 동안 무영을 돕기로 한 서문진충 일행이었다. 그들역시 외곽을 포위하고 있던 흑의인들을 처치했는지 검에서피가 뚝뚝 떨어지고 있었다.

"홍모귀다!"

강운설을 본 하오문도 한 사람이 소리를 질렀다.

노란 머리에 하얀 피부, 파란 눈은 그들이 말로만 들었던홍모귀가 분명했다.

"누구야?"

강운설이 획 돌아보며 고함을 질렀다. 그녀의 입에서 튀어나온 조금도 어색하지 않은 한어에 사람들은 멍하니 강운설을 쳐다보기만 했다.

　"난 귀신도 아니고 빨간 머리도 아니니 한 번만 더 그따위 식으로 불렀다가는 입을 찢어놓겠다!"

　강운설이 피가 뚝뚝 떨어지는 검을 흔들며 위협을 하자 근처에 있던 무리가 급급히 뒤로 물러났다.

　"빨간 거나 노란 거나……."

　마소창이 나지막하게 말했다.

　한참 동안 같이 다니며 둘은 수시로 티격태격하는 사이로 변해 있었다.

　"킥!"

　"킥!"

　곳곳에서 억눌린 웃음소리가 터져 나왔다.

　"너, 죽을 줄 알아!"

　강운설이 주먹을 들어 올렸다. 그러나 마소창은 이미 딴 곳으로 고개를 돌리고 있었다.

　"고모!"

　부연호 뒤에 서 있던 염예령이 염지란에게로 뛰어갔다.

　"예령아! 이 말썽꾸러기야!"

　"고모! 무사해서 정말 다행이에요!"

　염지란과 염예령은 서로를 끌어안고 가족 간의 해후를 즐

겼다. 조양방을 떠나 험지에서 다시 만난 그녀들은 몇 배로 더 반가운 모양이었다.

"섬뜩하군!"

부연호는 하나같이 목이 반쯤 잘린 채 죽어 넘어간 흑의인들을 보며 혀를 찼다. 그들은 변변한 반항 한 번 해보지 못하고 거의 동시에 염라국으로 간 것이다.

그냥 피리 상태에서도 던지면 무서운 파괴력을 발휘하며 짝을 찾아 되돌아오는 원앙여의석이었는데 그것이 제조자의 의도대로 무기로 변하자 소름 끼칠 정도가 되었다.

선인봉 정상에서 시험을 한 후 사람들을 상대로 던져진 것은 이번이 처음이다.

그 결과는 말 그대로 섬뜩할 지경이었다.

쓰러진 사내들의 목 줄기는 어떤 보검으로 잘린 것보다 더 깨끗하게 잘렸고, 거의 똑같은 모앙으로 상처가 났다.

그냥 던져도 이런 정도인데 만약 음공까지 가미하여 던진다면 순식간에 수백 명도 죽일 수 있을 것이다.

"피바람이 더욱 짙어지겠어."

부연호는 고개를 절레절레 흔들었다.

"설마… 그럴 리가요?"

무영과 부연호로부터 단목상군의 무림 일통 계획을 들은 염지란은 두 배는 더 커진 눈으로 무영을 쳐다보며 목소리를 높였다.

천종화도 믿어지지 않는다는 표정으로 무영을 쳐다보았다.

무림 일통!

단 네 자에 불과한 단어였지만 그 단어가 의미하는 바는 수만 명의 생명을 앗아간 태풍보다 더 심각했다.

천 년이 넘는 무림사에 한 번도 이루어지지 않은 일이다. 그래서 그 유혹이 더 컸는지 그걸 이루려는 사람들은 잊혀질 만하면 나타나곤 했다.

강함을 추구하고 또 추구하다가 더 이상 상대가 없을 정도가 된 무인들은 주화입마에 빠지듯 그런 허황된 꿈을 꾸는 모양이었다.

그러나 결국 그 꿈은 망상으로 귀결되어 그와 그 주변의 사람들은 비참한 최후를 맞았다.

그들이 그렇게 비참한 최후를 맞는 것은 말릴 수 없는 일이지만 문제는 그들만 그렇게 되지 않는다는 데 있었다.

그 허황된 꿈에 도취된 자들에 의해 얼마나 많은 사람들이 죽고 얼마나 많은 피가 흘렀던가?

무림인은 물론 죄없는 양민들까지 그 꿈의 희생양이 되었다.

이제 그 허황된 꿈을 꾸는 자가 다시 나타났다.

충분한 힘을 지니고 충분히 능력을 가진 자였다.

그래서 더 위험했다.

그리고 그는 지금 반 이상의 준비 작업을 해놓은 상태였다.

마련을 무너뜨렸고 사도맹을 전멸시켰다. 또한 교묘한 술수로 중원 전역의 흑도를 전쟁으로 휘몰아가고 있다.

"이런 악마 같은 새끼!"

천종화가 마침내 고함을 치며 의자를 박찼다.

그는 최근 흑도의 심상치 않은 움직임은 마련과 사도맹을 무너뜨린 무황성이 교묘하게 흑도끼리의 전쟁을 획책하고 있는 데 기인한다고 생각했다. 그리하여 무황성은 정파의 우상이 되려 한다고 비웃었다.

그러나 그게 아니라 단목상군 개인이 무림 일통을 꿈꾸는 것이라면?

흑도의 예사롭지 않은 움직임은 정파무림과의 대전을 준비하는 것이 틀림없다.

흑도와 정도문파가 처절한 전쟁을 벌이는 흑백대전이 벌어지고 나면 무황성, 아니, 단목상군은 어부지리를 노리며 나타나 그 혼란을 잠재우고 무림 일통과 함께 무림의 황제가 되는 것이다.

"흑도무림이 바보들만 모인 것도 아닌데 그렇게 쉽게 단목상군의 의도대로 움직일까요?"

염지란이 여전히 불신 가득한 표정과 함께 말했다.

"바보들은 아니지만 욕심이 많지요. 아니, 그동안 정파무림에 핍박당하며 음지에서만 살아온 원한은 누구보다 크지요. 그렇게 응어리진 가슴에 적당한 불씨를 던져 주면 마른 숲처럼 타오르게 마련이지요."

부연호가 무영 대신 설명했다.

"어떤… 불씨 말씀인가요?"

"아주 많죠. 돈, 명예, 원한 등등. 거기에다 혹하고 당길 만한 무공 비급도 준다면 눈이 뒤집혀서 달려들겠지요."

"무황성이 그들의 무공을 혹도에 넘긴다는 말인가요?"

염지란의 눈에 강한 불신의 빛이 어렸다.

아무리 단목상군이 무림 정복의 야욕에 눈이 멀었다고 하더라도 무황성 무공을 혹도에 넘기진 않을 것이다. 그렇게 하는 것은 스스로 무덤을 파는 행위이다.

"당연히 그럴 리가 없지요."

"그럼?"

"그들이 마련과 사도맹을 무너뜨린 데는 또 하나의 숨겨진 이유가 있지요."

부연호의 눈에서 쇠라도 녹일 듯한 분노의 빛이 쏟아졌다.

"비급! 무공 비급이군요."

내내 듣기만 하던 염예령이 고함을 질렀다.

비로소 염지란의 눈에서 불신의 빛이 지워지고 표정이 딱딱하게 굳어갔다. 모든 것이 일목요연하게 떠오르기 시작한 것이다.

"그들의 마수에서 천행으로 목숨을 건지고 정신을 차렸을 때 놈들이 재화 창고보다는 무공 비급이 소장되어 있던 서고를 집중적으로 뒤지고, 그곳에 있는 비급을 모조리 탈취해 갔다는 것을 알았습니다. 물론 보석이나 귀중품도 뒤져 갔지만 그것은 어디까지나 무사들 개인적인 욕심에서 비롯된 소행이었지요. 그러나 무공 비급은 조직적인 수색을 하고 일사불란하게 가지고 갔지요. 그리고 그건 사도맹에서도 마찬가지였다고 했소."

부연호는 동의를 구하듯 무영을 쳐다보았다.

무영은 침묵으로 부연호의 말에 긍정하며 탁자 한곳만 응시하고 있었다. 아마도 사도맹에서의 추억을 떠올리지 않기 위해 애쓰는 것 같았다.

"그렇게 쓸어간 마련과 사도맹의 무공을 흑도인들이 좋아할 만한 속성 무공으로 개조해서 뿌리면 흑도는 광분하여 달려들겠지. 나중에 그 부작용으로 피를 토하든 혈맥이 뒤틀리든 그건 상관할 일이 아니니까. 그렇게 때를 기다렸다가 그들이 뿌린 속성 무공으로 기고만장해진 흑도인들에게 적당히 증오심을 부추기면 가만히 놓아두어도 충돌이 일어날 것은 불을 보듯 뻔하지요. 그렇게 하기 위해서 오래전부터 무황성은 제법 뼈대있는 흑도 문파들은 교묘하게 분란을 조장하여 자신들이 원하는 우두머리로 바꾸어놓았지요. 그게 불가능한 문파는 아예 무너뜨려 버렸고. 부문주의 가문인 천가보나 총사 가문인 조양방처럼 말이오. 물론 조양방은 실패했지만."

"이 더러운 놈! 정파의 우상이라는 놈이 어떻게 그런……."

천종화가 이를 빠드득 갈며 고함을 질렀다.

"정파인은 처음부터 부처의 마음을 가지고 태어난답니까? 다 똑같은 인간일 뿐이오. 아니, 어쩌면 가면을 쓴 정파인이 더 추악하지요. 그들은 그 가면이 들통나지 않게 하기 위해 훨씬 더 악랄하게 일 처리를 하니까 말이오."

부연호의 입가에 차가운 경멸의 빛이 떠올랐다.

"정파무림이 그것을 수수방관하고만 있을까요?"

이번에는 마소창이 불쑥 나서며 물었다.

"몇 곳은 분주히 움직이겠지. 그러나 대부분은 개도 물어 가지 않을 자존심만 높아 흑도가 감히 백도를 상대로 전면전을 벌일 것이라는 사실을 인정하지 않을 테지. 아마도 전쟁이 벌어지고 나서도 한참 동안은 믿으려 하지 않다가 흑도 패거리들이 자기 집 담장을 넘어 쳐들어오면 그때야 믿게 되겠지. 그들의 그런 허세를 틈타 최근에는 흑도의 가장 큰 조직인 녹림십팔채와 장강수로타의 우두머리까지 바꾸어놓았어. 바야흐로 준비가 거의 끝났다고 봐야겠지."

내내 허공만 주시하고 있던 무영이 말했다.

"아버님과 공야흠 수석장로님으로부터 그 소식을 들었을 때 제발 무영 공자님의 작품이길 빌었는데 역시 무황성의 짓이었군요."

염지란이 긴장된 표정과 함께 말했다.

"이 친구가 대단하긴 하지만 혼자 몸으로 그런 일까지 벌이긴 불가능하오. 그런 일은 막대한 자금과 인력이 필요한 것이니까요."

부연호가 피식 웃으며 대꾸했다.

무영에 대한 염예령의 신뢰는 거의 절대적이었다. 그런 차에 염지란마저 비슷한 반응을 보이니 은근히 심술이 나기도 한 것이다.

"아마도 눈이 녹고 길이 뚫리는 봄이 되면 충돌이 일어날 거야. 그렇게 되면 수많은 피가 흘러 내를 이룰지도 모르지."

무영이 냉정하게 결론을 내렸다.

"그전에 막아야 하지 않습니까?"

천종화가 냉정을 되찾고 가라앉은 눈으로 무영을 쳐다보며 말했다.

자신의 가문인 천가보 역시 흑도 문파로 정도 문파에게 받은 핍박이 적지 않았지만 흑도무림이 꼭두각시가 된 줄도 모르고 싸움에 휘말리는 꼴은 보고 싶지 않았다.

"난 어설픈 영웅놀이 할 생각은 추호도 없소. 내 복수만 할 것이오."

무영이 단호하게 답했다.

"어쨌든 단목상군과 무황성을 무너뜨릴 생각이 아닌가요?"

이번에는 염지란이 물었다.

"가능하다면."

무영이 짤막하게 답했다.

"그럼 됐어요. 목숨을 내놓고라도 돕겠어요."

염지란이 긴 한숨과 함께 다짐했다.

개인적 복수든 영웅놀이든 단목상군과 무황성이 무너지면 혼란은 종식되고 무림은 예전으로 돌아가는 것이다. 지금의 상황에서 그걸 막을 가능성이 가장 높은 사람은 바로 무영이었다.

"그런데 왜 하필 하오문도들을 끌어모은 것인가요?"

염지란이 다시 물었다.

그동안 들쥐 떼 같은 하오문도들을 다스리며 진이 다 빠진 그녀는 내내 그것이 궁금했다. 무영의 능력이라면 다른 사람들도 얼마든지 끌어모을 수 있을 터인데 인간망종이나 마찬가지인 하오문을 끌어모으는 것이 이해가 가지 않았다.

"그렇군. 나도 내내 그게 궁금했어. 왜 사천하고도 하오문인가? 절대로 자네 취향이 아닌데 말이야."

부연호도 눈 사이를 좁히며 무영을 쳐다보았다.

"분지 속에 자리 잡은 사천에서 가장 먼저 충돌이 일어날 것 같으니까."

"그런가? 자네가 치밀하게 조사해서 판단한 것이라면 맞겠지. 그건 그렇다 치고… 하오문은 왜인가?"

부연호가 다시 질문했다.

"그들은 흑도나 백도 그 어느 곳에서도 주목하지 않는 무리이니 은밀히 일을 추진할 수가 있지. 안 그랬으면 한참 전에 오늘 같은 일이 있었을 걸세. 그리고……."

"그리고?"

"인간 망종들에게 자신의 성채가 짓밟히는 꼴을 보게 되면 훨씬 더 비참할 테니까."

무영이 스산한 음성으로 답했다.

第八十章
상문(喪門)의 문도들

장흥관일

눈이 내리고 길이 뚫리면 사천에서 제일 먼저 흑도와 정파 무림이 충돌할 것이란 무영의 예상은 반만 맞았다.

사천에서 제일 먼저 충돌이 일어난 것은 예상대로였다. 그러나 눈이 녹은 봄에 발생할 것이란 예상은 보기 좋게 빗나갔다.

흑도무림은 눈이 녹기 한참 전에 충돌을 일으켰다.

시작은 사천성 남쪽 지역인 낙산(樂山)에 자리 잡은 흑도 문파 영호보(零虎堡)와 정가장(鄭家莊)의 충돌에서부터였다.

평소 두 세력은 견원지간이라 할 수 있었다.

엇비슷한 힘을 가지고 같은 지역에서 공존하던 두 세력은 이해관계가 서로 중첩되어 곧잘 충돌을 일으켰다. 서로 흑도와 정도를 표방하다 보니 더욱 그랬다. 그러나 두 세력의 힘이 워낙 막상막하여서 쉽게 전면전이 일어나지 않았다. 그랬다가는 공멸을 면치 못하고 다른 방파에게 어부지리를 제공할 수 있었기 때문이다.

충돌이 발생했을 그 당시에는 강아지 한 마리 남기지 않고 모두 쓸어버리겠다느니 이번에야말로 사생결단을 내자느니 하며 거품을 물고 설쳐댔지만 며칠 지나고 나면 협상단이 오가며 조금 더 잘못한 쪽이 조금 더 손해 보는 식으로 타협을 보았다.

대부분이 그렇게 넘어갔다.

그런데 이번에는 달랐다.

원인이 무엇이었는지는 자세히 밝혀지지 않았지만 두 문파는 예전과 마찬가지로 충돌을 했고, 잘못한 것이 조금 더 많았던 정가장에서 먼저 협상단을 보냈다. 그리고 별 무리 없이 타협되었을 것이라고 마음 놓고 있던 정가장에 돌아온 것은 협상단의 수급이었다.

다섯 개의 수급을 본 정가장주 정사림(鄭思林)은 완전히 이성을 잃고 말았다. 협상단에는 그의 셋째 아들도 포함되어 있었기 때문이다.

당연히 전면전이 벌어질 수밖에 없었다.

정가장은 협상단의 수급이 전해진 다음날 가문에 소속된

무사들을 모두 이끌고 영호보로 쳐들어갔다.

협상단의 수급을 잘라 보냈으니 보복이 있을 것이고, 바보가 아닌 이상 그에 대한 대비도 하고 있을 것이란 생각과 함께 신중히 영호보의 담을 넘은 정사림은 순간적으로 무언가 이상함을 느꼈다.

영호보의 경계 상태는 그렇게 삼엄하지도 않았고 보 내부를 지키는 사람들도 평소보다 적었다.

다른 때라면 조금 더 냉정하게 생각하며 신중을 기했을 테지만 셋째 아들의 죽음에 이성을 잃은 그는 자신들의 신속한 보복에 놈들이 미처 대비하지 못한 것으로 생각하고 영호보 안에 있던 무사들을 모두 도륙했다.

그때까지도 영호보주 채성탁(蔡星卓)은 나타나지 않았다.

여전히 이성을 상실한 정사림은 채성탁의 목을 베지 못한 분풀이로 누가 말릴 새도 없이 영호보에 있는 사람이라면 남녀노소를 불문하고 모조리 베어버렸다. 그리고는 정가장으로 돌아왔다.

정도 문파인 정가장이 영호보로 쳐들어가 무사들은 물론 아녀자들과 어린아이들까지 모두 베어버렸다는 소문은 들불이 번지듯 빠르게 번져 나갔다. 그리고 인근 흑도 방파들이 무서운 기세로 결집했다.

예전과는 전혀 다른 현상이었다.

예전이라면 적당히 편드는 척하면서 어부지리를 노릴 인

간들이었다. 그런 그들이 결집하였고, 며칠 지나지 않아 형제들의 복수를 한다고 정가장으로 밀려들었다.

그들 속에 영호보주 채성탁과 그의 제대로 된 부하들이 고스란히 섞여 있었다.

정가장이 쳐들어갔을 때 영호보를 지키던 무사들은 금방 죽어도 조금도 아깝지 않은 껍데기들이었다. 그리고 그곳에 있던 노인과 아녀자, 어린아이들은 인근에 있던 부랑자들을 데려다 가족들의 옷을 입혀놓은 것이었다.

정가장은 영호보와 달리 만반의 준비를 하고 있었지만 중과부적이었다.

반나절 만에 정가장은 멸문을 당했다.

그리고 그 소문 역시 들불처럼 빠르게 번져 나갔다.

그 다음날 다른 소문들이 빠르게 뒤를 따랐다.

흑도는 동도들의 복수를 해주는데 정파는 썩었다느니 배알도 없다느니 이젠 흑도가 대세라느니…….

결국 인근의 정도 문파 명숙들이 모임을 가졌다.

그러나 그들은 흑도 방파들처럼 신속히 정가장의 복수를 해줄 마음이 없었다.

신중히 조사를 하고, 자파가 얻을 수 있는 실리를 꼼꼼히 따져 보고, 그런 후에도 충분한 승기를 잡고 나서야 나설 참이었다.

그런데!

모임을 마치고 돌아가던 그들이 흑도 문파 고수들의 습격을 받았다.

거의 몰살을 당하고 두 명밖에 살아남지 못했다. 살아남은 두 명도 평생 불구로 살아가야 할 정도로 중상을 입었다.

이젠 신중히 진상을 조사하고 자파의 실리를 따지고 할 수가 없었다.

문파의 모든 문도가 들끓기 시작했고, 그중 몇몇은 혼자서라도 복수를 하겠다며 설쳐댔다.

며칠 뒤 낙산 인근의 정도 문파들도 결집을 했고, 영호보를 비롯한 흑도연맹과 전쟁을 벌였다.

정도 문파 사람들의 눈이 두 배로 크게 뜨여졌다.

도적의 무리에 불과하다고 생각했던 흑도 무인들의 손에서 섬뜩한 기운이 쏟아져 나왔다.

하나같이 패도무쌍하고 잔인한 수법들이었다.

그들이 언제 그런 무공을 익혔는지, 또 과연 그들이 그런 무공을 익힐 만한 자질이 되는지 의심스럽기 짝이 없었지만 그들의 손에서 그런 무공들이 실제로 펼쳐지고 있으니 어쩌겠는가.

당연히 참패를 면할 수 없었다.

그때의 싸움에서 정파인 반 이상이 목숨을 잃었고 나머지도 거의 병신이 되었다. 반면 흑도연합은 이 할의 피해밖에 입지 않았다. 그중 일 할은 전투가 끝난 후 피를 토하며 죽었다. 그러니 전투 중에 죽은 사람은 일 할뿐이었다.

흑도연맹은 목이 터져라 승전가를 불렀다.

자신들의 피해는 이 할뿐인데 백도는 부상자들까지 합하면 거의 구 할의 피해를 입은 것이다.

그동안 정파에 핍박받은 설움이 일시에 씻겨 내려가는 순간이었다.

그 통쾌함에 도취되어 전투 중에 쓰러지지 않았던 일 할의 사람들이 나중에 왜 피를 토하고 죽었는지는 깊이 따지지 않았다. 당연히 정파의 내가중수법에 내상을 입었고, 그 후유증이 나중에 나타난 것이라고 생각했다.

어쨌든 사천의 낙산 지역은 단 며칠 만에 흑도의 천지로 변해 버렸다.

그에 따라 많은 것도 변했다.

우선은 인근 토호들의 재산이 반 이상 흑도연맹으로 귀속되었다.

표면적인 이유는 흑도연합의 의기를 높이 산 토호들이 미래를 위해 투자한 것이라 했지만 속사정은 패권을 잡은 세력에 의한 탈취였다.

그동안 인근 정도 문파들에게 대략 오 년에 일 할 정도의 재산을 바치던 토호들은 날벼락을 맞은 셈이었지만 재산보다는 목숨이 더 중했다. 그들에게 반기를 들던 토호 몇 명은 소리없이 실종되어 버리기도 했다.

무공으로 정도 문파 연합을 물리치고 재산까지 불린 영호보를 비롯한 흑도연합은 기세를 몰아 정식 연맹을 맺고 흑룡회(黑龍會)라는 단체를 새로 만들었다.

　연맹을 탄생시킨 그들은 이제 직접적인 원한이 없는 더 먼 곳의 정도 문파들까지 위협하는 상황에 이르렀다. 또한 그들에게 고취된 사천의 다른 흑도 문파들도 하나씩 합종연횡을 하며 세를 불려 나가고 있었다.

　자연 사천의 무림이 소란스러워지기 시작했다.

　"어째 한 방 먹은 기분이군."

　부연호가 머리를 절레절레 흔들며 말했다.

　무황성의 힘이 개입된 것이 확실하지만 그래도 이렇게 순식간에 일이 벌어진다는 것이 믿어지지 않는 것이다. 무영도 인정한다는 표정으로 고개를 끄덕였다.

　"그렇다면 우리도 일을 좀 서둘러야겠지."

　무영이 창밖을 쳐다보며 말했다.

　창밖 날씨는 화창하게 개어 있었다. 폭설 후에 며칠 동안 날씨가 많이 풀려 그런대로 눈도 많이 녹았다.

　"시간이 촉박하지 않을까?"

　부연호는 약간 걱정스러운 듯 무영을 쳐다보았다.

　"우선은 구색만 맞추면 되는 일일세. 본격적인 추진은 그 뒤부터 하면 될 테고……."

무영은 별 염려 없다는 표정으로 답했다.

"하긴……."

부연호는 고개를 끄덕였다.

"자네 쪽은 어떤가?"

이번에는 무영이 부연호에게 물었다.

"며칠 후면 도착할 걸세. 예정대로라면 벌써 도착했어야 하는데 눈 때문에 좀 늦는 모양일세."

"그럼 됐네. 그 사람들이 도착하는 즉시 일을 추진하도록 하지. 무당과 화산, 그리고 화씨세가에는 몇 달 전에 연락을 해놓았으니 우리가 원한다면 자파의 일로 사천에 머물고 있는 사람들을 바로 보내줄 걸세."

무영이 차분하게 말한 후 지필묵을 당겨왔다.

"아주 흥미진진하겠군. 그런데 나는 그걸 못 보게 될 테니 그게 한스럽군."

무영이 서찰 위에 빠르게 붓을 놀리는 모습을 보며 부연호는 입맛을 다셨다.

그때였다.

삐익!

"습격이다!"

밖에서 호각 소리와 함께 다급한 고함 소리들이 들렸다.

누군가 침입을 한 모양이었다.

무영과 부연호는 흠칫 신형을 굳혔다가 급히 몸을 날렸다.

장원에는 네 명의 인영이 하오문도에게 둘러싸인 채 서 있었다.

모두 이상한 차림을 하고 있어 남녀의 구별조차 제대로 되지 않았다. 조금 더 자세히 보니 세 명은 남자였고 한 명은 여인이었다.

무영은 고개를 절레절레 저으며 그들 가까이 다가갔다.

"사형!"

"사제!"

"아이고, 사형!"

무영을 보자마자 삼남 일녀의 불청객이 제각각 환호성을 지르며 달려왔다.

잠시 그들을 쳐다보던 무영의 입꼬리가 비틀리며 이제껏 한 번도 보지 못한 미소가 피어올랐다.

"낮도깨비들……."

무영이 마침내 환하게 웃으며 팔을 벌렸다.

"사형!"

"으아아! 사제, 정말 반갑네."

"사형! 정말 보고 싶었어요!"

삼남 일녀의 불청객이 어미 닭의 날개 속을 파고드는 병아리들처럼 고함을 지르며 무영의 품으로 파고들었다.

"어헝, 사형! 그동안 우리가 얼마나 고생한 줄 아십니까?"

"아이고, 사제! 이제야 살았네. 길을 잘못 들어 근 보름은 생고생을 했네."

"사형! 엉엉!"

"사형……."

갑자기 대문을 박차고 들어와 하오문 총단이 떠나갈 듯 소란을 피우는 삼남 일녀로 인해 모든 하오문도가 넋을 잃고 멍하니 쳐다보고만 있었다.

부연호와 염지란 등도 무영과 무영에게 달라붙어 있는 사람들을 당황한 표정으로 쳐다만 보고 있었다.

그들이 무영을 향해 부르는 호칭으로 보아 무영의 문파인 상문의 사람들이 분명한 것 같았는데 풍기는 분위기가 무영이나 허복양과는 너무나 달랐다.

우선 복색부터 소화하기가 힘들었다.

무영의 단정한 복장이나 허복양의 도사풍 복장과는 전혀 다르게 그들은 동물 가죽으로 된 사냥꾼 같은 복장을 하고 있었다. 또한 온 얼굴에 묻은 먼지와 봉두난발한 머리는 하오문도와 별다를 게 없었다.

"대체 어떻게 된 일인가?"

뒤에서 지켜보던 허복양이 눈살을 찌푸리며 다가와 엄한 목소리로 물었다.

"누구… 신지?"

무영을 사제라 불렀던 사내가 눈을 가늘게 뜨고 물었다. 준엄하게 묻는 목소리는 귀에 익은데 외모는 낯설었기 때문이다.

"설마… 대사형?"

삼남 일녀 중 유일한 여인이 두 눈을 동그랗게 뜨고 물었다.

머리가 하얗게 센 채 노인의 모습을 한 허복양은 목소리만 옛날과 같을 뿐 모든 것이 달라져 있었다.

"대, 대사형?"

다른 사내들도 눈을 크게 뜨고 허복양을 쳐다보았다.

그들의 얼굴에 서서히 경악의 감정이 번져 나갔다.

"대체, 대체 이게 어찌 된 일입니까, 대사형?"

삼남 일녀가 이구동성으로 물었다.

환하게 웃고 있던 무영의 표정도 참담하게 변해갔다.

"잠시 모습을 바꿀 필요가 있어 법술을 써서 조금 변형했네."

허복양은 조금도 망설이지 않고 말했다.

"그, 그렇지만……?"

"할 일이 많아 당분간 이 모습을 유지해야 하네. 그러니 그렇게 알고 있게."

허복양이 조금도 흔들리지 않고 말하자 상문의 제자들이 마침내 고개를 끄덕였다.

"알겠습니다, 대사형. 그간 대사형의 법술이 많이 발전했군요. 몰라볼 정도입니다."

그중 제일 어려 보이는 청년이 감탄스런 눈으로 허복양을 쳐다보았다.

"그런데 꼴이 그게 뭔가?"

허복양의 눈이 다시 엄한 빛을 뿜어냈다.

"말하자면 기가 막혀요. 그러니까 그게……."

"우선은 들어가자. 들어가서 얘기를 나누자."

무언가 사연이 많은 듯 홍일점의 여인이 말을 쏟아내려는 찰나 무영이 손을 들어 제지하고는 안으로 들게 했다.

"그러니까 그 옷은 사냥꾼의 산막에서 훔쳐 입었단 말이 지?"

무영이 어이없다는 표정을 지으며 한 명의 사형과 세 명의 사제들을 쳐다보았다.

"그렇다니까요. 가지고 있던 노자를 두 배로 불리기는커녕 봇짐 속에 든 여벌의 옷을 잡히고 받은 돈까지 다 잃고 나니 입에 풀칠하기도 힘든데 옷을 사 입을 수가 있어야지요. 몇 달 동안 입어서 누더기가 된 옷은 걸레로도 못 쓰겠더라고요. 결국은 영현 사제가 산막으로 가서……."

아직 스무 살이 안 된 것 같은 여인이 입으로 연방 음식을 집어넣으며 말했다.

다른 사람들은 음식을 씹고 삼키느라 한마디 말도 뱉어내 지 못하는 데 반해 그녀는 먹을 것 다 먹으면서도 무영의 질문에 하나도 빠짐없이 답하고 있었다. 그것도 재주라면 아주 특출한 재주였다.

그녀의 이름은 유자인(柳紫璘)이고 같이 온 네 명의 상문 제자 중 세 번째였다. 또한 그녀는 상문의 유일한 여제자로 무영의 하나밖에 없는 사매였다.

"쯧쯧!"

허복양이 가슴을 두드리며 혀를 찼다.

무영은 고소를 삼키며 자신의 바로 위 사형인 목상진(木相辰)를 쳐다보았다.

상문의 문제아!

상문 역사상 최고의 사고뭉치!

그를 지칭하는 별명들이었다.

그 외에도 몇 가지가 더 있었지만 대개 앞의 두 가지와 일맥상통하는 것들이었다.

자기 딴에는 문파와 사형제들을 위한다고 열심히 하는 일인데도 언제나 엉뚱하고 골치 아픈 사고로 귀결되었다. 그 과정에 악의가 없었고 사욕이 없어 사형제들에게 배척을 당하지는 않았지만 모두들 머리를 흔들기는 마찬가지였다.

무영에게는 바로 위의 사형이었지만 언제나 사제처럼 굴었다. 그러면서도 쉬지 않고 무영에게 피곤한 일을 갖다 안기는 사람이었다.

그 아래로는 모두 무영의 사제들이었다.

바로 아래가 초무성(焦舞成)으로 가장 차분하고 무영을 많이 닮았다. 그다음으로 소녀에서 이제 막 여인으로 넘어가는 유자인이었고, 막내가 곽영현(郭英賢)이었다.

　막내 곽영현은 사제들 중 술법에 가장 조예가 깊었다. 그래서 허복양의 총애를 한 몸에 받았다. 헤어진 지 삼 년이 다 되어가니 그동안 괄목상대할 만한 성취를 이루었을 것이다.

　이들은 무영이 무당에서 대성을 이루고 조사동으로 가면서 중원으로 오라고 전갈을 보냈는데 우여곡절 끝에 오늘 당도한 것이다.

　"자네는 대체 언제 철이 들려나?"

　허복양이 목상진을 향해 준엄한 목소리로 물었다.

　"캑! 캑!"

　목상진이 사레라도 들렸는지 숨이 넘어갈 듯 기침을 토해 냈다.

　"사형, 그게 아니라……."

　"아니긴 뭐가 아니란 말인가! 안 봐도 눈에 훤하네!"

　허복양의 목소리가 높아졌다.

　옆에서 시중을 들던 염예령의 눈이 동그랗게 변했다. 언제나 선계의 도인 같았던 허복양이 이렇게 고함을 지르는 모습은 처음 보았기 때문이다.

　"노잣돈이 모자라 애들이 며칠째 소면만 주문, 아니, 먹기에……."

"그래서? 소면이 먹기 싫어 투전판에 뛰어들었단 말인가?"

허복양의 목소리가 더 높아졌다. 반면 목상진의 목은 자라처럼 줄어들었다.

"처음에는 잘되었는데……."

"시끄럽네!"

허복양이 더 이상 클 수 없을 정도로 고함을 지르자 목상진이 움찔 입을 다물었다.

"그것뿐이면 말도 안 해요. 초 사형이 방향을 잘 잡고 왔는데 지름길을 안다고 엉뚱한 길로 끌고 가서 족히 보름은 더 둘러 왔어요. 그 때문에 험한 산을 넘고 물을 건넌 것만도 다섯 번이 넘어요. 아마 우리 모두 수명이 일 년씩은 줄어들었을 거예요."

유자인이 가슴을 두드리며 한숨을 내쉬었다.

"그래도 사매는 우리가 먹을 거 아껴서……."

"시끄러워요!"

유자인의 목소리도 허복양 못지않은 크기로 흘러나왔다.

목상진의 목이 다시 자라목으로 변했다.

"어쨌든 이렇게 무사히 도착했으니 다행이다. 음식 많이 준비했으니 실컷 먹고 당분간 푹 쉬도록 해라."

무영이 빙긋 웃으며 사형과 사제들을 둘러보았다.

"사형은 그동안 더 헌헌장부가 되었어요."

유자인이 미소 띤 무영의 얼굴을 빤히 쳐다보며 황홀한 표정을 지었다.

"어쭈! 저것도 좀 컸다고 이젠 여자 냄새를 피우네?"

다시 목상진이 나섰다.

"사형, 정말!"

유자인이 도끼눈을 뜨며 고함을 지르자 목상진이 얼른 음식 그릇으로 코를 박았다.

"사매 말대로 사형은 그동안 정말 많이 변한 것 같습니다."

내내 침묵을 지키고 있던 무영의 바로 아래 사제인 초무성이 깊은 눈빛과 함께 말했다.

"그렇게 보이느냐? 너도 이젠 고수의 풍모가 느껴지는구나."

무영이 잔잔한 미소를 지으며 초무성을 바라보았다.

사문에 있을 때도 가장 착실하고 무공에 매진하는 사제였다. 못 본 사이 그에게서 이젠 사형 허복양에 못지않은 기도가 느껴졌다.

"사형에 부끄럽지 않은 사제가 되려고 죽을 정도로 열심히 했는데 사형은 더 먼 곳에 있는 것 같습니다."

초무성은 공경이 가득한 표정으로 무영을 쳐다보았다.

"파황객 조사님의 성취를 이어받으면 너는 나를 뛰어넘을 수 있을 것이다."

무영이 담담하게 말했다.

"사, 사형!"

"사, 사형! 정말인가요? 정말 조사님의 성취를 모두 이루신 건가요?"

유자인이 고함을 질렀고, 초무성과 곽영현도 두 배로 커진 눈으로 무영을 쳐다보았다.

"그랬으니 너희를 이리로 부른 것이 아니겠느냐."

허복양이 목에 잔뜩 힘을 주고 대신 답했다.

"사제, 정말 축하하네! 자네가 상문의 보배일세!"

"우와아! 사형!"

"그래요, 사형! 사형이라면 해내실 줄 알았어요. 이제 우린 중원 땅에서 아무 거리낌 없이 문파의 이름을 내걸고 살 수 있는 거죠?"

곽영현과 유자인이 무영의 팔에 매달리며 토끼처럼 뛰었다.

그동안 혹시라도 자신들이 상문의 제자라는 것이 알려질까 노심초사하며 때로는 새외로 떠돌고 중원으로 들어와도 변방으로만 터전을 옮겨 다니던 모진 세월!

이젠 그 서러움을 모조리 씻어버리고 중원 한복판에서 자랑스러운 상문의 제자로 살아갈 수 있다는 사실이 가슴이 터질 듯한 감동을 느끼게 했다.

"내일부터 당장 수련을 하게 해주십시오."

초무성이 깊이 가라앉은 눈빛으로 말했다.

"난 오늘 저녁부터 수련에 들겠어요."

유자인이 더 설쳐댔다.

"우선은 목욕부터 하거라. 계속 그렇게 다니다간 내 코가 내려앉겠다."

무영의 핀잔에 유자인이 비명을 지르며 밖으로 뛰어나갔다.

第八十一章
마도의 다섯 고수

장흥관일

"자넨 정말 복도 많아!"

상문의 제자들이 하오문 총단으로 온 이틀 뒤 부연호는 부러움 가득한 표정과 함께 말했다.

자신들보다 더한 거지인 줄 알고 밖으로 내치는 하오문도들을 때려눕히며 장원 문을 박차고 들어와 소란을 피울 때는 하오문도들의 그런 행동이 충분히 이해될 정도였다. 그러나 목욕을 하고 새 옷으로 갈아입자 그들은 어디에 내놓아도 빠지지 않을 정도의 선남선녀들로 변모했다.

또한 그들은 무영을 닮아 무공광이었다.

도착한 그날 밤은 조촐한 술자리를 벌이며 밤늦게 사형제들과 재회의 기쁨을 나누었다. 그러나 다음날 아침이 되자 일찍부터 일어나 무영을 졸라 모두들 수련에 들어갔다.

자신이라면 그렇게 심한 고초를 겪으며 오랜 여행 후엔 열흘은 아무것도 하지 않고 잠만 잤을 것이다.

"낮도깨비들이지."

무영이 싱긋 웃으며 대꾸했다. 그러나 그의 표정에는 숨길 수 없는 자부심이 번져 나갔다.

"낮도깨비?"

부연호가 의아한 표정을 지었다. 왠지 어울리지 않는 별명 같았기 때문이다.

"지내다 보면 알게 될 걸세. 대낮에도 도깨비놀음을 많이 하지."

무영이 피식 웃으며 답했다.

그때,

삐익!

"침입이다!"

밖에서 이틀 전 상문의 제자들이 쳐들어왔을 때와 비슷한 호각 소리와 고함 소리가 들려왔다.

"이곳으로 올 자네 사형제들이 또 있나?"

부연호가 의아한 얼굴로 물었다.

"하나 더 있긴 한데… 그놈은 서장에 나가 있는데……."

무영이 고개를 흔들며 밖의 동정을 살폈다.

"어헉!"

"으악!"

어제와는 달리 폐부 깊은 곳에서 흘러나오는 비명이 들려왔다.

"나가보세!"

부연호가 급히 문을 박차고 나갔고 무영도 그 뒤를 따랐다.

장원 안에는 언제 나타났는지 다섯 명의 중년인이 석상처럼 서 있었다.

한눈에 보아도 극강의 고수들임을 알 수 있었다.

그들이 내뿜는 기도만으로도 주변에 있던 하오문도 몇몇이 비명과 함께 바닥에 쓰러졌다.

"내 쪽 사람들이야!"

부연호는 다섯 사내를 보며 빠르게 말했다. 사내들의 몸에서 풍기는 기운으로 마도인임을 알아차린 것이다.

부연호가 서문진충 일행을 처음 만났을 때 중원에 뿌리를 내리고 있는 고수들 중 부연호 자신과 비견할 만한 고수가 몇 명이냐는 질문을 던졌고, 서문진충은 다섯이라고 답했다.

이들 다섯이 바로 그들이었다.

그들은 중원에 뿌리를 내리고 있다가 마령패를 소지한 부연호의 소집령에 의해 이곳으로 온 것이다.

무영은 깊은 눈으로 그들을 쳐다보았다.

그들 역시 무영과 비슷한 눈빛으로 무영을 응시했다.

마령패의 흔적을 따라 부연호를 만나러 왔지만 본능적으로 무영의 기도에 가장 강하게 반응하고 있었다.

잠시 후 한 명의 중년인이 주춤거리며 뒤로 물러났다.

무영의 눈에서 뻗어 나오는 기운을 감당하지 못한 것이다.

"이럴 수가……?"

뒤로 물러선 사내가 신음처럼 중얼거렸다.

자신이 누군가의 눈빛을 감당하지 못하고 밀리다니?

처음에는 같은 마도인인 줄 알았다. 무영의 몸에는 부연호에게서 익힌 마도의 무공으로 인해 마의 기운이 많이 축적되어 있었던 때문이다.

그런데 그 마기의 뒤를 따라 흘러나오는 기운은?

도저히 정체를 짐작하기 힘들었다.

웅혼하고 정심박대한 정파의 기운 같기도 했고, 형체를 잡기 힘든 사(邪)의 기운 같기도 했다.

그런 종잡을 수 없는 기운이 망막을 태울 듯 밀려들었다.

아무리 내력을 끌어올려도 마찬가지였다. 밀려드는 기운은 해일을 방불케 했고, 저항할수록 더 강력하게 짓눌러 온 것이다.

"인정할 수 없다!"

뒤로 밀린 사내가 우수를 들어 올렸다.

무영의 정체를 알지 못하는 그는 자신이 새파란 애송이의 안광에 밀려났다는 것을 인정할 수 없는 것이다.

"그런 식의 인사는 나중에 해도 늦지 않소."

부연호가 얼른 앞으로 나서며 일촉즉발의 상황을 무마시켰다.

"오시느라고 고생 많았소. 소생은 주마룡 부연호라 하오."

부연호는 주위를 모두 물린 후 자신의 신분을 증명하듯 품속에서 마령패를 꺼내 다섯 명의 중년인 앞에 내밀었다.

"명왕출세!"

"마도재림!"

다섯 중년인은 구호를 외친 후 떨리는 손으로 마령패를 받아 들었다.

"정말이군요. 천마동을 열 수 있는 열쇠가 무사했군요. 다행입니다, 정말 다행입니다."

중년인 하나가 감격 어린 표정으로 마령패를 이리저리 훑어보았다. 지독한 마기가 흘러나오고 있음에도 불구하고 전혀 영향을 받지 않는 것으로 보아 부연호 못지않은 고수들이 분명했다.

"이럴 게 아니라 우선 안으로 듭시다. 안에서 자세한 얘기를 나눕시다."

부연호는 중년인들을 안으로 이끌었다,

중년인들의 이름은 각각 복지강(卜知岡), 구현목(具賢目),

지상학(池尙學), 관동문(冠東門), 호찬성(鎬璨星)이고, 중원 각지에 흩어져 신분을 감추고 살고 있었다.

복지강은 표국을 운영했고 다른 네 명은 서문진충처럼 무관을 운영하고 있었다.

무관이나 표국은 무공을 익힌 사람들이 득실거리는 곳이라 신분을 속이고 제자를 키울 수 있어 택한 것이 분명했다.

그들은 일 년에 한 번 정도 서로 왕래를 하다가 마령패의 흔적을 보고 만사를 제쳐 놓고 달려온 것이다.

"천마동의 위치는 찾았습니까?"

서로 인사가 끝나고 차를 한 모금 마시며 가장 연장자로 보이는 복지강이 그것부터 물었다.

"그동안 마령패에 숨겨진 비밀을 풀고자 많은 노력을 기울였지만 아직 확실한 답은 얻지 못했소. 다만……."

"다만?"

복지강의 옆에 앉은 호찬성이 입술을 핥으며 되뇌었다.

"저 친구 덕분으로 한 가지 단서는 잡았는데 조만간 그것을 확인해 볼 생각이오."

부연호의 말에 온통 마령패에만 관심이 쏠려 있던 중년인들이 비로소 무영에게로 눈을 돌렸다.

"어떤 단서인지요?"

호찬성이 무영을 보며 재촉하듯 물었다.

"마령패 아랫부분에 새겨진 이상한 문자를 몇 개 해독했는데… 그것을 모두 해독하려면 운남의 어느 지역에서 또 다른 단서를 찾아야 하오. 그래서 운남성 지리를 잘 아는 사람들을 오게 했소. 조만간 이 친구가 그들과 함께 찾아 나설 계획이오."

"우리도 가겠소."

복지강이 득달같이 나섰다.

"그 일은 나 혼자만으로 충분하오. 여러분은 여기 남아 서문 대협과 함께 이 친구를 도와주시오. 그것이 하루라도 천마동을 빨리 열 수 있는 최선이오."

부연호의 설명에 복지강을 비롯한 다섯 마도인이 수긍할 수 없다는 빛을 보였다.

"못 믿겠거든 이 안에 있는 그림인지 글자인지 모를 것들을 한번 해석해 보시오."

부연호가 다시 마령패를 내밀었다.

아수라 형상의 마령패 아래쪽에는 이상한 문양이 빼곡히 양각되어 있었다.

문자로도 볼 수 없고 그림으로도 보기 힘든 이상한 문양이었다. 자신들이 그것을 해석한다는 것은 몇 년이 지나도 어려울 것 같았다.

"그것도 싫다면 이 친구를 제압해서 같이 데려가든지."

부연호의 말에 아까 무영과의 눈싸움에서 뒤로 밀려났던 구현목이 무영을 쳐다보다가 찔끔 고개를 돌렸다.

그때는 호승심에 한판 대결이라도 벌이고 싶었지만 시간이 갈수록 더 확연히 느껴지는 기도는 거대한 산을 대하는 것 같았다.

"저 친구를 도우면 천마동을 여는 것은 확실할 것이오. 그건 내가 장담하겠소."

부연호는 자신있게 말했다.

"알겠소. 소련주 말대로 하겠소. 하지만 제대로 된 인사는 하고 도우도록 하겠소."

복지강이 천천히 일어섰다.

무영과 비무를 해보고자 함이었다.

첫 만남에서 절정의 고수란 것을 알았지만 너무나 젊은 나이의 무영을 보니 인정하고 싶지 않다. 아니, 그것보다는 무인의 본능적인 호승심이 발동하여 한번 겨루어보고 싶은 것이다.

"나도 인사성은 밝은 편이라……."

무영도 천천히 일어섰다.

"차 다 드셨으면 내어갈……."

찻잔을 내어가려 들어온 묘화가 분위기를 파악하고는 얼른 가운데로 끼어들었다.

"나가서 하세요. 이건 새로 장만한 가구와 식기들이에요."

찻잔들과 탁자를 몸으로 감싼 묘화가 기겁을 하며 말했다.

정대룡 조의 조원으로 조삼과 함께 임무에 나갔다가 돌아온 그녀는 새집이 너무 마음에 들어 풀 한 포기, 정원석 하나에도 깊은 애착을 가지고 있었다.

"나가세요! 어서! 나가서 하세요! 안 그럼 오늘부터 제대로 된 밥 먹을 생각 마세요!"

묘화는 탁자와 찻잔들을 온몸으로 끌어안으며 고함을 질렀다.

묘화의 앙칼진 고함에 무영과 다섯 마도인은 입맛을 다시며 밖으로 나갔다.

잠시 후 정원 한가운데에서 두 사람이 대치했다.

두 사람의 대결에서 터져 나오는 기파만으로도 목숨을 잃을 수 있기에 구경을 하겠다고 아우성을 치는 문도들을 모두 건물 안으로 몰아넣고 부연호와 다른 사람들은 음파마저 차단했다.

서문진충 일행도 둥글게 둘러서서 혹시 모르는 피해자가 생기지 않도록 단속했다.

"마도의 무공은 얼마나 익혔소?"

복지강은 무영의 몸에 축적된 마기가 절대 가볍지 않다는 것을 느끼고는 질문을 던졌다.

"그냥… 저 친구로부터 어깨너머로 배운 수준이오."

"그 정도인데도 그런 수준이라면 세상에 마도 아닌 사람이 없겠소."

복지강이 피식 웃었다.

진산절학은 전하지 않았겠지만 저 정도로도 충분히 마도 고수로 부를 수 있었다.

'처음부터 마도인이었으면 좋으련만.'

복지강은 서문진충이 무영을 보고 느낀 감정을 똑같이 느끼며 손을 들어 올렸다.

그의 손이 순식간에 벌겋게 달아올랐다.

"저 친구보다 더 심오한 것 같소만……."

무영이 슬쩍 감탄사를 던지며 같이 손을 들어 올렸다.

"난 본 파의 무공을 쓰겠소."

마도인도 아닌 자신이 마도의 무공으로 마도인을 상대하는 것은 무례일 것이다.

"당연히 그러셔야지요. 하앗!"

고함과 함께 복지강의 손에서 핏빛 광채가 쏟아졌다. 포탄이 터지는 듯한 펑음은 그 뒤에 터져 나왔다.

쐐애액!

온 세상이 핏빛으로 물든 것 같은 착각이 들며 복지강의 장력이 무영을 집어삼킬 듯 해일처럼 몰려왔다.

무영이 두 손을 쭈욱 뻗었다.

우우웅!

무영의 손에서 무거운 진동음과 함께 둥근 아지랑이가 피어올랐다.

아지랑이의 크기가 커다란 멍석만 하다고 느껴지는 순간, 복지강의 장력은 그 속으로 모조리 사라져 버렸다. 아니, 빨려 들어가 버렸다.

"이, 이건!"

"수라흡정!"

복지강과 구현목 등이 거의 동시에 고함을 질렀다.

"그렇다면 당신은 파황객의 후예?"

호찬성이 경악에 사로잡힌 눈으로 무영을 쳐다보았다.

정파인은 물론 마도인들에게도 파황객이란 이름은 공포와 경외의 표상이었다.

마도의 무공보다 더 패도적이면서도 궤를 달리하는 파황객의 무공!

그것이 다시 세상에 나타났다는 것은 현실감마저 잊게 만들었다.

"내가 설명하지 않았던가?"

부연호가 머리를 긁적거리며 중얼거렸다.

이들뿐만 아니라 서문진충 일행에게도 아직 정식으로 밝히지 않았던 것이다. 물론 서문진충은 오랫동안 같이 지내며 짐작은 하고 있었지만 막상 이렇게 대하고 보니 명불허전이란 생각이 들었다.

"파황객!"

"세상에!"

서문진충과는 달리 오늘에서야 무영의 정체를 제대로 안 동하건과 강운설도 비명을 지르며 뚫어져라 무영을 쳐다보았다.

무언가 심상치 않은 비밀을 감추고 있는 사람 같았는데 파황객의 후예였던가?

그렇다면 그간의 놀라운 모습들이 충분히 수긍이 갔다.

"그렇군! 이제야 이해가 가는군!"

복지강이 고개를 끄덕였다.

파황객의 후예라면 저런 나이에 저런 성취도 가능할 것이다. 또한 상문이라면 근본이 완전히 다른 마도의 무공도 빠르게 흡수할 수 있을 것이다.

"모두 사라진 줄 알았는데……."

관동문이 신음처럼 중얼거렸다.

"우리도 당신들처럼 뿌리는 질긴 편이지요."

무영이 대꾸하며 다시 손을 들어 올렸다.

내력 소모가 많아 한 번 뿌리고 나면 기혈이 뒤흔들리고 제대로 통제가 안 되어 잔인한 결과를 낳았던 수라흡정도 이젠 자유자재로 뿌리고 거둘 수 있게 되었다. 그것만으로도 큰 수확이다. 그것을 거듭해서 제대로 뿌릴 수 있다면 상대에게 훨씬 더 공포를 선사할 것이다.

"파황객의 절기를 직접 상대할 수 있다는 것은 삼생의 행운이지요. 그걸 형님 혼자서 독차지할 생각은 마시오."

구현목이 복지강 옆으로 나섰다.

"나 역시 그 행운을 놓칠 수 없지."

지상학과 관동문, 호찬성도 차례로 복지강 옆으로 섰다. 그렇게 되자 자연스럽게 오 대 일의 대결 양상이 되어버렸다.

건물 안에서 문틈으로, 또는 문밖으로 목을 길게 빼고 구경을 하던 하오문도들은 눈이 동그랗게 변했다.

근처에 접근하는 것만으로도 숨이 막혀 죽을 것 같던 사람들 다섯 명이 한꺼번에 무영을 상대하고 있는 상황은 아무리 보아도 이해가 되지 않았고, 위험천만하게 느껴졌다. 그러나 나서서 도와줄 처지가 아니었기에 손에 땀만 쥐고 있을 뿐이었다.

"그럼 시작하겠소."

복지강이 낮게 말한 후 손을 뻗었다. 그와 동시에 다른 네 사람도 앞으로 쭈욱 손을 내밀었다.

그들은 각기 검과 도 등의 독문 병기가 있었지만 지금은 파황객의 무공을 온몸으로 견식하는 자리였기에 병기는 들지 않고 오로지 맨몸으로 부딪치는 것이다.

그건 무영 역시 마찬가지였다.

콰앙!

파아앙!

대기를 일그러뜨리는 기파가 터져 나오며 강력한 기운이 한꺼번에 무영에게로 쇄도해 들었다.

신분을 숨긴 채 중원에 뿌리를 내리고 있는 마도의 최고 고수들!

그들 다섯 명의 합공은 그야말로 해일보다 더 무시무시한 힘을 내포하고 있었고, 바람 한 점 빠져나가지 못할 정도로 엄중하고 패도적이었다.

무영은 잠시 대처할 바를 찾지 못한 듯 움직임을 멈추고 있다가 패도지력이 지척으로 다가드는 순간 양손을 세차게 흔들었다.

우우웅—

무영의 한쪽 손바닥이 방석만 하게 부풀어 올랐다. 그리고 그 손에서 강력한 일장이 터져 나왔다.

콰앙!

두 종류의 기운이 마주치며 정원 복판의 흙이 하늘로 솟구쳐 올랐다.

'으윽!'

'음!'

지상학과 복지강이 두 눈을 부릅떴다.

다섯 사람이 합친 공력이었다. 그러나 그들의 공격은 제각각 바위를 두드린 것 같았다. 그에 더해 강력한 반탄력이 몰려왔다.

주르르―

다섯 마도인의 신형이 동시에 한 발짝 뒤로 밀려났다.

그 순간 무영의 손이 아까보다 또 두 배로 커지며 은색으로 물들었다.

파파파팡―

밀종대수인이 아닌가 싶을 정도로 크게 변한 무영의 손이 균열이 가는 듯하더니 순식간에 수백 개의 손 그림자로 변하며 다섯 마도인을 향해 몰려들었다.

마치 수백 장의 부적이 허공에 난무하는 듯한 모습이었다. 그리고 그 각각에는 치명적인 기운이 내포되어 있었다.

언제 어디로 날아들지 도저히 대처할 바를 생각지 못하게 만드는 상문 무공의 수법이었다.

"천마강림(天魔降臨)!"

복지강이 고함을 질렀다.

현 상황에서 가장 적절한 초식을 뿌리도록 다른 마도인들의 주의를 일깨우는 것이다.

복지강의 고함에 정신을 차린 네 사람이 쾌속하게 손을 흔들었다.

그들의 손에서 뻗어 나온 강력한 기운이 사방에서 덮쳐드는 무영의 손바닥을 쳐나갔다.

콰콰콰쾅!

무영의 손바닥이 모두 흩어졌다. 동시에 다섯 마도인의 신형이 갈대처럼 흔들렸다.

이번의 격돌에서도 그들은 다시 손해를 보았다.

"잠마천강기(潛魔天剛氣)를 끌어올리게!"

복지강이 소리를 질렀다.

다섯 마도인 중 가장 연장자인 그는 무공 역시 가장 고수였다.

복지강의 지시와 함께 다섯 사람의 몸에서 강력한 호신강기기 뻗어 나왔다.

뻗어 나올 때는 제각각이었지만 순식간에 하나로 합쳐지며 다섯 마도인은 청동 구슬 속에 들어간 것 같았다.

잠시 그들을 쳐다보던 무영이 우수를 흔들었다.

수십 개의 손 그림자가 일렬로 선 채 잠마천강기를 때려갔다.

까까까깡!

한 개의 손이 두드리고 지나가면 기다렸다는 듯이 일렬로 서서 다가오던 뒤쪽의 손이 같은 곳을 두드렸다.

그것이 스무 번쯤 반복되자 마침내 잠마천강기가 깨어지며 그 속에 있던 마도인들이 신형을 심하게 휘청거렸다.

하지만 그것으로 다가 아니었다.

무영의 좌수가 또다시 쭈욱 밀려왔다. 그리고 그 손바닥 안에서 눈을 부시게 하는 은광이 작렬했다.

'대체?'

관동문이 속으로 비명을 질렀다.

이번에는 마공도 사공도 아니었다. 정순하고 웅혼한 내력에 기인한 정파 무공의 강력한 일장이었다. 또한 그 장력이 숨 쉴 틈 없이 연이어 터져 나옴으로 해서 더욱 가공할 위력을 느끼게 만들었다.

"으윽!"

마침내 관동문은 답답한 비명과 함께 바닥에 엉덩방아를 찧었다.

파파팡!

다시 무영의 쌍장에서 폭음이 터져 나왔다.

아직 쓰러지지 않은 네 마도인의 눈에 공포가 감돌았다.

아무리 경천동지할 대결이라 할지라도 숨은 쉬어야 할 것이 아닌가?

도저히 숨을 쉴 틈을 주지 않고 터져 나오는 장력은 거대한 폭포의 소용돌이 속으로 속절없이 끌려들어 가는 기분이었다.

파앙!

다시 일장이 터졌다.

'숨을 쉬어야……'

복지강도 속으로 비명을 질렀다.

숨을 쉬어야 내력을 끌어올리든지 말든지 할 터인데 도저히 숨 쉴 틈이 없었다. 그러니 내력을 끌어올리는 것은 고사

하고 심장이 터져 죽을 것만 같았다.

다시 숨 쉴 틈이 없는 공격이 쏟아졌다.

"그… 그만!"

지상학이 숨 넘어가는 목소리로 단말마의 비명을 토해내고는 자진해서 자리에 주저앉아 버렸다.

무거운 짐을 균등하게 분담하던 한쪽 축이 무너지자 다른 쪽들도 줄줄이 허물어졌다.

쿵!

쿵!

남아 있던 사람들도 차례로 엉덩방아를 찧었다.

대결은 나중 문제고 지금은 숨이 막혀 죽을 지경이었다.

"헉!"

"헉!"

다섯 마도인이 바닥에 드러누워 거친 숨을 몰아쉬었다.

호흡의 소중함을 뼈저리게 느끼는 순간이었다.

"우웩!"

지상학이 아침에 먹은 것을 모조리 게워냈다.

서로 치명적인 수법은 펼치지 않아 내상을 입지는 않았지만 호흡을 하지 못한 상태에서 연속으로 기혈이 뒤틀리니 오장육부가 난리를 친 것이다.

"파황객도… 헉! 숨은 쉬게… 헉! 해준 것 같은데……."

욕지기를 멈춘 지상학이 눈물콧물 짜내며 중얼거렸다.

강력하리란 것은 충분히 예상했고, 실제로 부딪쳐 보니 인정하고도 남음이 있었다. 그러나 그 강한 기운들이 진기를 제대로 끌어올릴 틈도 없이 연속으로 터져 나오는 것은 상상도 못했다.

"사형! 최고예요!"

"우와아!"

수련을 하다가 이상한 낌새에 달려나온 유자인과 곽영현이 환호성을 터뜨렸다. 자신들도 언젠가는 저렇게 될 것이라는 기대감이 온 얼굴을 벌겋게 상기시켰다.

"인사는 이 정도로 하고 이젠 점심이나 먹읍시다."

부연호가 득의양양한 미소를 지으며 다가와 다섯 마도인을 향해 손을 내밀었다.

'내가 왜 꼼짝없이 이 친구를 따라다니는지 당신들도 이젠 알겠지?' 하는 말이 웃음 속에서 흘러나오고 있었다.

"대체 누구 편이오?"

복지강이 눈살을 찌푸리며 뚱하게 내뱉었다.

"뭐, 오늘은 이긴 사람 편이라 해둡시다. 때로는 마음 가는 대로 편도 들어봐야지."

부연호는 복지강의 부아를 돋우며 안으로 들어갔다.

다음날 아침 일찍 부연호는 행장을 꾸렸다.

천마동의 열쇠인 마령패의 비밀을 풀기 위해 조양방에서

출발한 사람들과 약속된 장소에서 만나 운남성으로 떠나려 하는 것이다.

"여러분이 오셨으니 난 오늘 떠나기로 하겠소. 재미있는 일은 지금부터일 것 같지만 내 팔자가 그리 편한 축이 못 되니……."

부연호는 못내 아쉬운 표정으로 입맛을 다셨다.

지금 무영이 계획하고 있는 일을 미리 알고 있는 그였기에 그 흥미진진한 대열에서 이탈한다는 것이 너무나 아쉬웠다.

"여기 일은 우리가 알아서 잘할 테니 아무 걱정 말고 쉬엄쉬엄 유람 삼아 다녀오시오."

복지강이 느긋하게 말했고, 다른 사람들도 고개를 끄덕였다.

'쉬엄쉬엄?'

부연호의 표정이 구겨졌다.

어제는 따라가겠다고 난리를 치더니 백팔십도로 돌변한 자세다.

무영의 강한 무위를 몸소 체험한 그들은 그 곁에서 뭔가 한 가지라도 배우고 싶은 마음에 부연호는 뒷전으로 밀려나고 만 것이다.

더 이상 성취가 이루어지지 않는 한계 상황에서 무인들은 자신보다 더 강한 고수와 상대하고 나면 벽이 와르르 무너지는 것 같은 영감을 얻는다.

지금 다섯 마도인은 그런 상태였다.

어제는 숨도 제대로 못 쉬고 패하며 큰 좌절감을 느꼈지만 거듭 그 순간들을 돌이켜 보며 제삼자의 입장에서 자신을 관조할 수 있게 되었다. 그 순간 이제까지는 도저히 보이지 않던 자신의 약점들이 훤히 눈에 들어오고 한 단계 더 성취를 이룰 수 있을 것이다.

아마도 이들은 부연호를 마중한 후 자신의 거처에 틀어박혀 절실히 느꼈던 자신들의 약점들에 매달릴 것이다.

"알겠소. 그곳에서 예쁜 처자라도 만나면 아예 눌러앉아 애 둘쯤 낳고 돌아오겠소."

부연호가 콧김을 내뿜으며 말했다.

"뭐, 그것도……."

호찬성이 자신의 생각에 사로잡힌 채 무의식적으로 답하다 얼른 입을 다물었다.

"마도의 희망인 소련주께서 그래서야 되겠습니까? 최대한 빨리 오셔야 천마동도 빨리 찾고 마도재림을 이룰 수 있지 않겠습니까?"

호찬성이 급히 자신의 말을 수정했다.

"그렇지요. 좋은 성과와 함께 최대한 빨리 돌아오십시오. 그날만 학수고대하고 있겠습니다."

복지강도 편안한 표정으로 고개를 끄덕였다.

"노력하는 방향으로 하지요."

여전히 뚱하게 답한 부연호는 행장을 등에 짊어지고 몸을 일으켰다.

하오문 문도 두 명이 시종으로 그의 뒤를 따랐다.

第八十二章

개파대전(開派大典)

장흥관일

사천 낙산 지역을 점령한 흑룡회는 사천의 군소 정도 문파 두 곳을 더 무너뜨리고 인근의 녹림도인 금부채(金鈇寨)를 끌어들이며 처음 결성 시보다 두 배 이상 세력을 확장했다.

이제 그들은 단순한 도적의 무리가 아니었다. 사천에 있어서는 가장 강력한 흑도 방파로 성장해 버렸다.

원래 사천지방 흑도의 패자는 천가보였다.

그러나 천가보가 막내아들 천종화만 남긴 채 완전히 멸망해 버리는 바람에 무주공산이 되었고, 그사이 빠르게 세를 불린 영호보가 호시탐탐 기회를 보고 있다가 순식간에 패권을 차지한 상황이 되었다.

너무나 순식간에 이루어진 일이라 사람들은 아직 제대로 사태 파악을 하지 못하고 들려오는 소문에만 귀를 기울이고 있는 실정이었다.

그런 차에 또 한 가지 진위 파악이 힘든 소문이 들려왔다.

사천성 성도 외곽에서 정체불명의 문파 하나가 새로이 탄생하여 보름 후에 개파대전을 열겠다고 선언한 것이다.

문파의 이름은 파황문(破皇門)이라 했다.

황제를 깨부수는 문파!

글자 그대로만 해석하면 그랬다.

그러나 무림과 황궁은 별개이니 황궁의 황제가 아니라 무림의 황제를 깨부수는 문파라고 해석하면…….

무황성을 깨부수는 문파란 말이다.

거기까지 생각한 사람들은 두 눈을 둥그렇게 뜨고 서로를 쳐다보았다. 그리고 대체 어떤 인간들이 그런 식으로 문파 명을 짓고 개파대전을 열려고 하는지 분분히 알아보기 시작했다.

그 결과 웃지도 울지도 못할 표정이 되고 말았다.

파황문이라는 광오무쌍한 이름과는 달리 문파의 구성원은 거지 중의 상거지 떼인 하오문 잡종들이라고 했다.

결국 사람들은 배꼽이 빠져라 웃기 시작했다.

사천성의 하오문도들이 떼를 지어 무황성을 깨부수려 한다.

한마디로 희극 중의 대희극이었다.

모두들 배를 잡고 한바탕 웃고 나서 그들이 하오문도들이기에 그런 미친 짓도 할 수 있다는 생각과 함께 뇌리에서 잊혀가던 즈음, 그 파황문의 개파대전에 화산파와 무당파에서 하객을 참석시킨다는 소문이 파다하게 나돌았다.

무당파와 화산파!

구파일방의 일원이자 도가 검문의 양대 산맥으로 삼척동자라도 아는 이름이 아니던가?

그런데 그곳의 사람들이 거지들의 개파대전에 참석한다고?

사람들은 애초부터 희극을 쓴 놈들이 후편을 발표한 것이라 생각했다.

그러나 파황문이 개파대전을 열겠다고 선언한 날짜를 나흘 남기고 무당의 도사들 몇 명이 성도 외곽의 한 객점에 나타났다. 그리고는 파황문의 위치를 물었다고 했다.

사람들은 이번에도 희극의 후편에 이은 연장편이라 생각했다.

그런데 그 다음날 또 다른 객점에 화산파의 도사들이 나타나 파황문의 위치를 물었다는 소문이 퍼져 나갔다. 그리고 그곳을 왜 찾느냐는 객점 주인의 말에 개파대전에 참석하기 위해서라는 대답까지 했다고 한다.

완전한 거짓말도 자꾸 듣다 보면 진실이 되고 만다.

처음에는 설마설마 하던 사람들도 차츰 긴가민가하게 되었다.

그런 차에 개파대전 이틀 전날 호북의 제일검가, 아니, 어쩌면 구파일방을 제외한다면 중원제일의 검가라 할 수 있는 화씨세가의 사람들이 나타났다.

그들은 무슨 이유에서인지 투숙한 객점에 짐을 풀자마자 곧바로 밖으로 나와 성도 인근을 유람하듯 돌아다니면서 자신들은 파황문의 개파대전에 참석하러 왔다고 광고까지 하고 다녔다.

화씨세가 사람들의 인원은 다섯 명이었는데 그들 중에 눈이 부실 듯한 미모의 여인까지 끼어 있어 더욱 관심을 끌었다.

그것만으로도 놀랄 일인데 오후에는 가사를 걸친 소림승들까지 객점에 들러 파황문의 위치를 물었다.

이젠 누구도 파황문의 개파대전을 의심하는 사람이 없었다.

성도에 거주하는 문파는 모두 파황문의 개파대전에 관심을 집중했고, 사천 외곽에 거주하여 단시일 내 참석할 수 없는 문파들은 미리 성도를 향해 출발하지 못한 것을 아쉬워하며 귀만 쫑긋 세우고 있었다.

*　　　*　　　*

개파대전 하루 전날 화씨세가의 사람들이 파황문을 찾았다.

그들은 새로운 가주 화위성의 둘째 동생인 화준성과 그의 두 아들, 그리고 화연옥과 화연옥의 외삼촌인 오인목, 그렇게 다섯이었다.

"이렇게 직접 오실 줄은 몰랐습니다."

접객실에서 다탁을 사이에 두고 마주 앉은 무영은 화준성을 보며 인사를 했다. 그러나 그 인사의 방향은 화연옥이었다.

화씨세가의 첩자를 소리없이 잡아주며 그 대가로 화연옥에게 칼을 빌려달라는 부탁과 함께 자신이 만든 조직을 한 번만 지지해 달라고 했는데 이렇게 직접 올 줄은 예상치 못했다. 무당파나 화산파처럼 그냥 사천에 나와 있는 화씨세가의 식솔 중 아무나 화씨세가의 대표로 참석해 주는 정도면 충분했다.

"험험! 나도 이게 어찌 된 영문인지, 원!"

무영이 화씨세가에서 하룻밤 사이에 어떤 일을 했는지 상상도 하지 못하는 화준성은 약간 떨떠름한 표정과 함께 자신의 솔직한 심정을 밝혔다. 더구나 구레나룻을 떼어낸 무영의 모습을 보고는 더욱 얼떨떨한 기분이었다.

화준성이 무영을 본 것은 가문에 든 도둑을 놓치고 순찰을 나갔을 때다. 그때 무영은 가문의 하객으로 오던 화산파 사람들과 동행했다. 그러나 결코 화산의 문도도 아니고, 무언가 심상치 않은 기도를 느껴 화연옥을 보고 예의 주시하라고 언질까지 주었다.

하지만 무영은 별 이상한 행동 없이 다음날 아침 일찍 떠났다고 들었다. 그래서 처음의 심상치 않은 인상에도 불구하고 까맣게 잊어버렸다.

그런데 몇 달 전, 자신의 바로 위 형인 화운성이 무영을 다시 언급하며 그가 문파를 세우고 개파대전을 여니 그곳에 참석해야 한다고 했다.

가주이자 큰형인 화위성과 다른 모든 사람이 대체 그게 무슨 뚱딴지같은 소리냐고 의문을 표시했지만 화운성은 막무가내였다.

그것뿐이었으면 평소 검밖에 모르며 다른 일에는 백치나 마찬가지인 화운성의 기행으로 여기고 묵살했을 것이다. 그러나 부친의 말을 듣자마자 그의 딸 화연옥도 기필코 참석해야 한다며 반대하면 혼자서라도 가겠다고 고집을 부렸다.

이젠 딸도 아버지를 닮아 검밖에 모르는 백치가 되어가나 싶었다. 그런데 그 대열에 그녀의 외삼촌이자 어릴 때부터 친구나 마찬가지인 오인목도 가세했다.

화준성은 어이가 없어 그 연유를 캐물었으나 세 사람은 무조건 참석해야 한다는 말만 거듭했다.

귀신에 홀린 기분이 되었지만 결국 검법 연구에 여념이 없는 화운성을 대신해 자신이 참석한 것이다. 물론 그 이면에는 대체 어떤 어마어마한 문파이기에 이 사람들이 기를 쓰고 참석하려는지 확인해 보자고 하는 마음이 있었다.

그런데 이곳에 와보니 더 기가 막혔다.

이들이 그렇게 기를 쓰고 참석하고자 하는 문파가 하오문 잡종들이 주축이 된 문파라니?

그 기막힌 심정이 지금 화준성의 표정에 고스란히 나타나고 있었다.

"당연히 참석해야죠!"

화준성과 달리 화연옥은 만감이 교차하는 표정과 함께 환하게 웃었다.

그녀의 미소를 쳐다보던 주변의 여러 사람은 순간적으로 겨울이 완전히 물러가고 사방으로 백목련이 만발한 것 같은 기분을 느꼈다.

천하의 화씨세가에서 하객이 당도했다는 말에 놀란 눈을 하고 나온 염지란과 염예령은 복잡한 눈빛으로 무영과 화연옥을 번갈아 쳐다보았다.

"그런데 좀 의외네요."

화연옥은 주변을 둘러보며 말했다.

무영이 세운 문파라면 신룡들이 득실거릴 줄 알았는데 실상은 전혀 반대였다.

"지금은 좀 부족하지만 이제부터 구색을 맞추어 나갈 생각입니다."

그녀의 내심을 짐작한 무영은 빙긋 웃으며 답했다.

"그렇군요."

화연옥은 전적으로 무영을 믿는다는 표정과 함께 고개를 끄덕였다.

"참, 소개할게요. 이분들은 제 사촌 오라버니들입니다."

화연옥이 화준성의 두 아들을 소개했다.

"잘 오셨습니다. 장무영이라 합니다."

무영이 포권을 지었다.

"화성호(華性浩)입니다."

"화성민(華性玟)입니다."

화준성의 두 아들은 간단히 자신의 이름만 밝힌 채 굳게 입을 다물었다. 그들은 자신들이 거지 떼의 소굴에 와 있다는 사실 자체만으로도 모욕감을 느끼는 얼굴이었다.

"자넨 대체……?"

오인목이 무슨 말을 하려다 입을 다물었다.

화씨세가에서와 달리 구레나룻을 완전히 떼어낸 무영의 모습은 선풍옥골이었다. 그런데 그가 하오문의 상거지들을 규합하여 문파를 세운 것은 도저히 이해가 가지 않았다. 속으로는 화연옥과 마찬가지로 구름 같은 의문이 일었지만 무영이 어떤 사람인지 알기에 궁금증을 접어두었다.

"다른 사람들은 아직 오지 않았나?"

오인목은 다른 질문을 던졌다.

"다른 사람들이라면?"

"소림과 무당, 화산파도 왔다고 들었네."

오인목이 주변을 둘러보며 말했다.

이곳에 와서 그들도 하객으로 왔다는 소문을 듣고는 깜짝 놀랐다.

화산은 처음부터 무영과 동행하여 자신들 가문으로 왔으니 무언가 밀접한 관계가 있음을 짐작했지만 소림과 무당은 예상치 못했던 것이다. 그리고 그들까지 하객으로 끌어들인 무영에 대해서 도저히 종잡을 수 없다는 생각이 들기도 했다.

"개파대전은 내일이니 내일 오겠지요."

무영이 간단히 답했다.

"그런가?"

오인목은 어떻게 그들까지 끌어들였는가 하는 의문도 속으로 삼키며 고개만 끄덕였다. 그런 것 저런 것 자세히 물어보기에는 일렀다. 현재는 무영의 정체도 제대로 모르는 상태였다.

"그럼 숙소를 정해 드릴 테니 노독을 푸십시오."

차를 다 마시자 무영이 가볍게 인사를 하며 일어섰다.

"공자님!"

화연옥이 따라 일어서며 등을 돌리는 무영을 불렀다.

"노독은 나중에 풀어도 되니 장원 구경 좀 하고 싶군요."

화연옥은 발그레 옥용을 붉히며 말했다.

"그럼 따라오시지요."

잠시 멈칫거리며 서 있던 무영이 고개를 끄덕인 후 화연옥을 안내했다.

"그동안 또 한차례 성취를 이룬 것 같군요."

무영의 안내를 받아 천천히 장원 주변을 돌며 화연옥이 말했다.

"그런 것 같습니까?"

무영이 궁금한 표정과 함께 말했다.

무당산 수련 이후 더 평범해졌다고 생각했다. 그런데 화연옥은 변화를 느낀 모양이었다.

"그래요. 그때의 느낌과는 또 달라요."

"어떻게 말입니까?"

무영이 걸음을 멈추고 화연옥을 정시하며 물었다.

"그냥 걸으면서 얘기해도 되잖아요. 모두 쳐다보는데……."

무영이 빤히 자신을 쳐다보자 화연옥은 얼굴을 붉히며 말했다. 그녀의 지적대로 근처의 모든 시선이 무영과 화연옥에게 집중되어 있었다.

두 사람 모두 그들로서는 선경에서나 볼 수 있는 선남선녀였다. 특히 화연옥은 남자들이 대부분인 이곳에서는 관심이 집중될 수밖에 없었다. 몇몇 여자들 역시 선망과 질투의 눈으로 시선을 집중하기는 마찬가지였다.

"하하! 칭찬을 바라는 심정에 좀 흥분했습니다."

고개를 돌린 무영이 다시 걸음을 옮겼다.

"전 칭찬에 인색한데 어쩌죠?"

"뭐, 그것도 좋습니다. 주변에 있는 사람들이 워낙 그런 사람들이라 익숙해 있는 상태입니다."

"주변 사람들이라면… 작년에 저희 집에 왔던 사람들 말인가요?"

화연옥이 궁금증을 드러냈다.

염예령과 염지란, 천종화와 서문진충 등은 일면식이 없었기 때문이다.

"거기에 몇 사람이 더 합류했죠. 그들도 칭찬보다는 핀잔을 더 많이 주는 사람들이라……."

무영은 입맛을 다시며 말했다.

"뿌린 대로 거두는 법 아닌가요?"

화연옥이 입가에 미소를 매달고 말했다.

"제가 뭘 뿌린지는 아십니까?"

이번에는 무영이 궁금증을 드러냈다.

화연옥과의 인연은 깊었지만 같이한 시간은 반나절 정도밖에 되지 않았던 것이다.

"신랄하다는 느낌을 받았어요. 그래서 짧은 시간이었지만 여러 번 식은땀을 흘렸죠. 다른 사람에게도 그런 식으로 뿌렸다면 비슷하게 돌아오겠죠."

화연옥이 다시 미소를 지었다.

"특히 친구란 놈이 제일 심했는데… 이젠 이유를 알겠군요."

무영이 크게 고개를 끄덕였다.

화연옥의 미소가 더 짙어졌다.

"아까 하던 말씀 계속하시지요. 어떻게 달라졌다는 말입니까?"

무영이 다시 장난스럽게 화연옥을 정시했다.

"뭐랄까요……. 위험스럽게까지 느껴지던 신랄하고 날카롭던 기운은 거의 사라졌어요. 대신 훨씬 단단해진 것 같아요. 마치 바위에서 날카롭게 깨어져 나온 화강암 조각들이 오랜 세월 동안 바다까지 굴러오며 둥근 차돌로 변한 느낌이랄까요."

"칭찬 같군요."

무영이 빙긋 웃으며 말했다.

"그런데 어쩌죠? 난 옛날 모습이 더 좋은 것 같은데요."

화연옥이 짓궂은 표정으로 말했다.

"역시 뿌리는 대로 거두는군요. 칭찬은 열심히 뿌린 후에 듣기로 하지요."

무영은 고개를 끄덕인 후 다시 화연옥을 쳐다보았다.

"하실 말씀이 있는 것 같은데……."

무영이 말을 꺼냈다.

"어떻게 아셨어요?"

화연옥이 고개를 절레절레 저으며 물었다.

"많은 시선에도 불구하고 억지로 자리를 만들려는 모습이 그걸 느끼게 했지요."

"억지로 그렇게 하면 안 되나요?"

화연옥이 의미심장한 표정으로 말을 받았다.

"안 될 거야 없지만… 시선이 너무 많은 것이 부담스럽다고 하지 않았습니까?"

무영의 지적에 화연옥은 고개를 절레절레 흔들었다.

"그래요. 아버지께서 공자님을 만나자마자 전하라고 하신 것이 있어요."

화연옥은 소매 속에서 봉서 한 장을 꺼내며 말을 이었다.

"참 이상해요."

"뭐가 말입니까?"

"아버지께선 떠나는 날 아침에 잠시 공자님을 본 적밖에 없는데 공자님 얘기라면 무조건 찬성이세요. 제가 여기 올 수 있었던 것도 아버지의 열렬한 지원이 있어 가능했어요."

부친 화운성이 그날 연공실에 숨어 있었다는 사실을 알지 못하는 화연옥은 고개를 갸웃거렸다.

"글쎄요. 저도 그때 잠시 뵈었지만 그분 말씀이라면 무조건 찬성하고 싶은 심정입니다."

"그래요? 유유상종, 이심전심… 뭐 그런 건가요? 그건 그렇고, 어서 펼쳐 보세요. 나도 무언지 궁금해요."

화연옥의 재촉에 무영은 봉서를 개봉하여 내용물을 꺼냈다.

"이런……."

무영은 나지막하게 탄성을 토했다.

봉서 안에는 필요할 것 같아서 보낸다는 간단한 말과 함께 은자 일만 냥짜리 전표가 들어 있었다.

지금 당장은 화운성의 검보다는 돈이 더 필요한 상황이었다. 화운성은 그걸 알고 돈을 보내준 것이다.

"세상에!"

화연옥도 놀라 고함을 질렀다.

검을 연구하는 데 모든 정신을 쏟아 세상은 물론 가문이 어떻게 돌아가는지도 모르는 부친이 무영에게 필요할 것 같다는 생각에 돈까지 보냈다는 사실이 믿어지지 않는 것이다.

"두 사람 사이에 대체 무슨 일이 있었던 건가요?"

화연옥이 눈 사이를 좁히며 물었다.

"소저도 알다시피 부친을 뵌 것은 떠나는 날 아침 대문 앞에서가 아닙니까?"

화연옥이라면 얼마 지나지 않아 모든 사실을 추리해 낼 것 같았기에 사실을 모두 밝힐까 하다가 무영은 생각을 바꾸었다. 화연옥이 스스로 알아차리면 할 수 없지만 밝히게 된다면 화운성이 밝혀야 할 일이었다.

"아버지께서… 그때 연공실 근처에 계셨군요. 다른 사람은 불가능하지만 같은 심법을 익힌 아버지라면 제가 차단한 음파가 무용지물일 수 있어요."

머지않아 알아차릴 것 같다는 무영의 예상과는 달리 화연옥은 순식간에 사실을 추리해 냈다.

무영도 화연옥처럼 고개를 절레절레 저었다.

"등을 돌리시면서 전음으로 말씀해 주실 때 저도 깜짝 놀랐습니다."

무영은 비로소 시인을 했다.

"아버지께서 왜 그렇게 공자님을 두둔하셨는지 이제야 이해가 가는군요. 아버지……."

화연옥의 눈가에 물기가 어렸다. 모든 것을 가슴에 품고 의연하셨던 아버지의 모습이 가슴에 사무친 것이다.

"돌아가시면 정말 고맙다고 전해주십시오."

무영은 진심 어린 음성으로 말했다.

사실대로 말하자면 봉서에서 나온 전표를 보는 순간 목에서 손이라도 튀어나올 것 같은 심정이었다. 그동안 조양방 등에서 꿍쳐 놓았던 돈은 이곳에 자리를 잡으며 거의 다 써버려 달이 없는 날 밤에 복면을 쓰고 혹도의 창고라도 털 생각을 하고 있는 중이었다.

"전 당분간 이곳에 있으며 검을 빌려줄 생각으로 왔어요. 자리가 확실히 잡히면 돌아갈게요. 외삼촌도 같은 생각이구요."

"그건……."

의외의 제안에 무영의 눈이 커졌다.

오인목의 검과 화연옥의 두뇌라면 은자 일만 냥보다 더 큰 힘이 될 것이다. 그렇지만 그건 또 그만큼 큰 부담이기도 했다.

"부담은 가지지 마세요. 공동의 적을 맞아 연합을 한다고 생각하세요. 아버지의 연구가 놈들 손에 넘어갔으면 우리 가문은 왕창 무너지는 것이나 마찬가지였으니까요. 어머니께서는 자결하셨을 거구요. 그걸 생각하면 아직도 살이 떨려요."

무영의 내심을 짐작한 화연옥은 부담을 덜어주면서도 자신의 뜻을 확고히 했다.

"거듭 고맙군요."

거절할 상황이 아님을 느낀 무영은 묵묵히 고개를 끄덕였다.

부연호가 떠났지만 복지강을 비롯한 다섯 마도인에 서문진충 일행, 사문의 문도들, 그리고 이젠 화연옥과 오인목까지 가세했으니 파황문은 어떤 문파 부럽지 않았다.

파황문의 개파대전은 하오문 총단이 네 번째로 이사한 성도 외곽의 한 건물에서 열렸다.

그곳은 사천성에서 한때 이름난 거부였던 왕정윤(王正允)이란 사람과 그 식솔들이 살던 장원이다.

왕정윤의 조부와 부친은 사천의 풍부한 곡물을 사들여 다른 지방으로 팔던 곡물상이었는데 장사 수완이 탁월하여 막대한 부를 축적하였다. 그러나 삼대 부자 없고, 삼대 거지 없다는 속담처럼 왕정윤의 대에 와서 내리막길을 걷기 시작했다.

왕강인(王羌印)의 하나밖에 없는 아들로 태어난 왕정윤은 돈이란 것은 버는 것이 아니라 원래부터 있는 것으로 생각하며 자랐다. 그러다 보니 버는 법은 전혀 모르고 쓰는 법에만 천부적인 재능을 발휘했다.

그 결과 왕정윤은 나이 사십에 그 많던 재산을 다 날리고 이젠 저택마저 누군가에게 빌려주고 그 임대료로 살아가는 처지가 되었다.

그런 왕정윤의 방탕한 생활 덕분에 무영은 싼 값에 임시 터전을 마련하고 개파대전을 연 것이다.

개파대전이 열리는 날은 아침부터 문전성시를 이루었다.

우선 문파의 이름과 구성원의 극심한 부조화에서부터 관심을 끌었다. 그런데 전혀 예상 밖으로 무당과 화산, 소림에 이어 화씨세가에서까지 하객을 보냈다는 사실이 궁금증을 증폭시켰다. 그러다 보니 장원은 오전 중에 벌써 입추의 여지없이 손님들이 들어차 나중에는 이웃의 한 건물에까지 손님을 받는 상황이 발생했다.

이런 경우에 대비하여 무영은 용의주도하게 이웃 건물 두 채도 하루에 한해서 빌려놓았기에 구경을 하러 왔다가 악담을 퍼부으며 돌아가는 사람은 없게 했다.

"무당파 도사들이다!"

일찌감치 자리를 잡은 채 술잔을 기울이고 있던 사람들 중에서 누군가 목소리를 높였다.

장원의 정문을 통해 세 명의 도사가 들어서고 있었다.

송문고검을 허리에 찬 단정한 도사 복장은 한눈에 보아도 그들이 무당의 도사들임을 알 수 있었다.

그들은 잠시 장내를 둘러본 후 안내하는 사람들을 따라 바쁘게 걸음을 옮겼다.

그들의 자리는 천막을 쳐놓은 곳 가운데였는데, 장원의 마당이 훤히 보이는 가장 상석이었다. 그런데 그들은 그 자리가 마음에 안 들기라도 하는 듯 인상이 잔뜩 찌푸려져 있었다.

잠시 후 또 다른 목소리와 함께 화산파 사람들도 모습을 드러냈다.

그들은 한 명의 중년인과 일남 일녀의 젊은이들이었다. 도사 복장이 아닌 경장 차림으로 일반인들과 별로 달라 보이지 않았지만 소매 부근에 선명하게 수놓아진 매화문양이 단박에 화산파 문인들임을 알게 해주었다.

안내하는 하오문도에 의해 그들은 무당파 도사들의 옆에 자리를 하게 되었다.

무당파 도사들을 발견한 그들은 간단한 목례만 하고는 앞쪽으로 시선을 고정시키고 있었다. 그들의 표정 역시 무당파 도사들처럼 잔뜩 일그러져 있었다.

그런 그들의 분위기에 주변의 사람들은 찔끔한 기색이 되어 조심스럽게 술잔이나 찻잔을 들고 있었다.

"젠장. 거대 문파 제자 아닌 놈은 서러워서 살겠나."

두 문파 사람들의 고압적인 표정을 보며 누군가 나지막하게 불평을 했다.

화산파의 문인 중 여인이 날카로운 눈으로 불평이 들려온 곳을 쳐다보았다. 그러나 다섯 명이 둘러앉아 술잔을 들이켜고 있는 터라 목소리의 장본인이 누군지는 알아낼 수가 없었다.

여인은 더욱 차가운 시선으로 다섯 명의 사내를 한 번씩 쳐다본 후 고개를 돌려 앞만 쳐다보았다.

그녀의 이름은 이인경(李璘瓊)으로 청우자와 함께 화씨세가의 잔치에 참석했던 정화영, 소혜진 등과는 사형제지간이었다.

사형 도상문(途常紋)과 함께 사부 청영자(靑英子)를 따라 사천을 지나던 중 성도의 파황문이 개파대전을 여니 화산을 대표하여 그곳에 하객으로 참석하라는 장문인의 급보를 받았다.

전혀 예상하지 못한 일인지라 몇 번이나 서찰을 살폈지만 더 이상의 설명은 없었다. 어쨌든 장문인의 명령이니 원래의 일정을 잠시 미루더라도 참석해야 했고, 며칠 전에 이곳에 당도했다. 그리고는 화씨세가의 화준성과 그의 두 아들이 느낀 것과 대동소이한 느낌을 받은 채 잔뜩 찌푸린 얼굴로 앉아 있는 것이다.

그것은 또한 무당과 도사들이 찌푸린 얼굴로 앉아 있는 이유이기도 했다.

무당과 화산파 장문인은 무영과의 약조에 의해 사천이나 그 근처에 나가 있는 문인들에게 장문인이 급보를 보낸 것인데 무영이 누구인지, 자신들 장문인과 어떤 사연이 있었는지 전혀 알지 못한 그들은 지금 처음에 느꼈던 궁금증은 모조리 망각하고 모욕감만 느끼고 있었다.

잠시 후 다시 소란이 일었다.

네 명의 소림승이 장원으로 들어섰기 때문이다.

소림은 무영과 어떤 약속도 하지 않았지만 소림방장 무오성승은 그동안 무당장문인 영진자와 여러 차례 비밀 회동을 하며 무황성의 행보에 대해 깊은 우려를 품고 있었기에 자진해서 보낸 것이다.

각원(覺員), 각현(覺玄), 각문(覺文), 각진(覺眞)이라는 법명을 가진 이대제자들이었다. 특히 각원은 소림방장 무오 성승의 제자였다.

그들 역시 화산이나 무당 문인들과 별반 다를 게 없었다. 불심 깊은 소림승이라는 신분 때문에 표정 관리를 하여 찌푸린 정도가 조금 덜하다는 것뿐, 내심은 그들과 똑같은 상태였다.

그런 심정이었기에 이들 세 문파의 사람들은 화씨세가처럼 미리 오지 않고 개파대전이 열리는 오늘하고도 시간이 임박하여 마지못해 참석을 한 것이다.

둥!

둥!

소림승들이 자리를 잡고 차를 한 잔씩 마시고 나자 북이 울리며 개파대전의 막이 올랐다.

"만장하신 여러분!"

서문진충이 고함을 질렀다.

풍채로 보나 목소리로 보나 가장 어울리는 사람이라는 하오문도들의 압도적인 지지에 의해 오늘 행사의 주재자로 그가 뽑힌 것이다. 그리고 그는 그런 압도적인 지지에 내심 뿌듯한 자부심을 느끼고 있었다.

"저 식상한 말투하고는……."

식사(式辭) 몇 마디를 더 들은 마소창이 쓴웃음을 토했다.

그의 말대로 서문진충의 개회사는 학동들을 가르치는 글 선생처럼 고루하고도 고루했다. 그것을 아는지 모르는지 그는 자신의 말에 도취되어 더욱 고루하게 일장연설을 해나갔다.

"그리하여 우리 파황문은 무림의 평화와 정의 수호에 일익을 담당할 것이며, 더 나아가 사마척결(邪魔剔抉)……."

"이러다간 저 양반 손에 우리 모두 척결당하겠군."

이번에는 관동문이 쓴웃음을 지었다.

옆에 앉아 있던 복지강을 비롯한 다른 마도인들도 고소를 삼켰다.

서문진충도 무언가 잘못되었다는 느낌을 받았는지 잠시 말을 끊고 주위를 둘러보았다. 척결해야겠다는 대상인 사(邪)와 마(魔) 중에 자신들은 마의 부분에 속해 있다.

다른 모든 사람의 표정도 일그러지고 있었다.

지금은 사마 척결보다는 연설의 척결을 더 바라고 있었다.

"흠! 흠! 정의 수호와 무림의 평화 구축에 큰 힘을 보탤 것을 약속드리며 개회사를 마치도록 하겠습니다."

연설이 중도에 끝난 것을 느낀 모든 사람들이 진심 어린 박수를 보냈다.

"그다음 순서로는 파황문 문주님의 인사가 있겠습니다!"

서문진충이 큰 고함과 함께 무영을 가리켰다.

화려하지도 그렇다고 경박하지도 않은 차림으로 가장 상석에 자리 잡고 있던 무영이 몸을 일으켰다.

그때 화산파의 하객으로 참석해 있던 이인경이 발딱 자리에서 일어났다.

처음부터 웃기지도 않는 개파대전이었는데 문주라는 인간이 자신과 비슷한 연배의 청년이다.

이건 차라리 한 편의 신파극이었다. 그래서 더 이상 자리를 지키고 있다는 것은 수모를 당하는 것이란 생각이 들었다.

그녀를 따라 그의 사부와 사형도 몸을 일으켰다. 그러자 무당의 도사들도 자신들이 먼저 일어서지 못한 것이 안타깝기 짝이 없다는 표정으로 몸을 일으켰다.

소림승들도 더 이상 앉아 있을 수 없었다. 계속 이 자리를 지키는 것은 스스로의 체면을 깎아내리는 것이라는 생각을 한 모양이었다.

"연설은 짧을수록 좋다고 했지요. 제 이름과 본 문파에 대해서는 본 문의 수석총사께서 충분히 설명하셨으니 바로 기념행사로 들어가지요. 각원 스님!"

무영은 화산과 무당파 문인들을 따라 걸음을 옮기고 있는 무오 성승의 제자인 각원을 불렀다.

모든 시선이 소림승들에게로 향했다. 누가 각원인지는 몰랐지만 이곳에서 스님은 그들뿐이니 그중에 있을 것이다.

갑자기 호명당한 각원이 걸음을 멈추었다. 그를 따라 다른 스님들도 걸음을 멈추었고, 무당과 화산의 문인들도 엉거주춤 걸음을 멈출 수밖에 없었다.

보는 사람들이 몇 안 되면 모를까 중인환시에, 그것도 문주가 부르는데 빠져나갈 수는 없는 일이었다.

"왜 그러시오, 문… 주!"

각원이 허리를 펴며 답했다. 문주라는 단어는 억지로 쥐어짜서 나오는 것이 역력해 보였다.

"여기 있는 우리 파황문의 문도는 평소 소림 고수 분들의 무공을 한번 견식해 보는 것이 소원이었습니다. 그러니 스님의 일장으로 저 바위를 반으로 갈라 우리 문도의 소원을 들어주실 수는 없겠는지요?"

무영이 가리키는 정원 한쪽에 바위 하나가 자리 잡고 있었다. 각원의 키보다 더 높아 보이는 둥그스름한 바위였다.

각원의 표정이 이곳을 들어설 때보다 더 찌푸려졌다.

아무리 소림의 내가고수들이라 하지만 저런 큰 바위를 단일 장에 두 조각 낼 수는 없었다.

"지금 농담하시오, 문주!"

각원의 목소리가 높아졌다.

"자신없으시군요. 그럼 무당의 우신자(宇辛子)께서 해주시면 어떨까요?"

우신자는 현 무당장문인의 제자 항렬로 사십을 갓 넘겼을까 싶은 도사였다.

"농담이 지나치시오!"

우신자는 아예 문주라는 단어도 빼고 고함을 쳤다.

"그럼 화산의 여고수께서는 어떠신지요?"

무영이 이인경을 지목했다.

그러잖아도 힐끗거리며 쳐다볼 기회만 찾고 있던 모든 사내의 시선이 이인경에게 집중되었다.

모욕을 당했다는 생각에 이인경의 얼굴이 발갛게 달아올랐다.

"자신없는 모양이군요."

무영이 빙긋 웃으며 말했다.

이인경은 당장에라도 폭발할 듯 얼굴이 붉은색에서 푸른색으로 변해갔다.

"문주께서는 할 수 있으시오?"

폭발 일보 직전에 이인경의 사형인 도상문이 냉랭한 목소리로 물었다.

이런 상황에서도 평정심을 잃지 않은 그는 이인경과는 달리 냉정하고 침착한 성격의 소유자 같았다.

"글쎄요, 한 번쯤 도전해 보고 싶은 크기군요."

무영이 다시 미소를 지었다.

조금 전보다 훨씬 차가운 미소였다. 그런데 그것이 오히려 훨씬 잘 어울렸다.

"공자님!"

화연옥이 낮은 목소리로 무영을 불렀다.

명문 거파 출신이랍시고 처음부터 잔뜩 목에 힘을 주고 있다가 식이 반도 진행되기 전에 자리를 박차고 일어서는 그들에게 응징하고자 하는 마음은 이해하겠지만 흥분해서는 안될 일이었다.

"백문이 불여일견이지요."

무영은 슬쩍 자리를 박찼다.

둥실!

무영의 신형이 위로 떠올랐다.

아주 천천히!

마치 깊은 바다에서 부드럽게 떠오르는 대어처럼 솟아오른 무영의 신형은 바위 높이에서 그대로 옆으로 이동했다.

여전히 물속을 유영하는 것같이 부드럽고 느린 속도였다.

장내에는 웅성거림조차 일지 않는 짙은 정적이 감돌았다.

빛살보다 빠른 경공이란 말은 들어보아도 저런 경공은 들은 적이 없다. 저건 마치 허공을 답보하는 것 같았다.

턱!

바위 앞에 내려선 무영은 한 손으로 슬쩍 바위를 두드려 그 단단함을 가늠했다.

바위의 높이는 무영의 키보다 조금 더 컸다. 그래서 바위 뒤쪽에 자리 잡은 사람들은 지금 무영이 무엇을 하는지 궁금해 저러다 학이 되지 않을까 싶을 정도로 목을 길게 뺐다.

잠시 심호흡을 한 무영은 오른손을 앞으로 뻗어 바위에 붙이고 왼손은 위로 올려 하늘을 떠받치는 자세를 잡았다.

무언가 심상치 않은 분위기에 근처에 있던 사람들이 제각각 몇 걸음씩 뒤로 물러났다.

"하아!"

잠시 후 나지막한, 그러면서 세상 끝까지라도 퍼져 나갈 것 같은 기합성이 울렸다.

바위에 일장을 날린 무영은 팅겨나듯 삼 장 가까이 뒤로 주르르 밀려났다. 바닥에 길게 파인 자국이 꼬리처럼 무영을 뒤따랐다.

우웅!

뒤로 밀리던 무영의 신형이 멈출 즈음 바위에서 강한 진동음이 흘러나왔다. 그와 함께 바위가 흡사 어깨춤이라도 추는 듯 진동했다.

쾅!

만근의 폭약이 터지는 것 같은 폭음이 뒤를 이어 울렸다.

"큭!"

"으윽!"

바위 가까이에 있던 사람들이 비명성과 함께 귀를 틀어막았다. 그중에 내력이 약한 사람들은 바닥에 쓰러지기도 했다.

장내가 정리되고 모든 사람의 시선이 바위에 집중되었다.

큰 소란과는 달리 아무 변화가 없었다.

그러다 어느 순간,

바위 그림자 사이로 한 가닥 햇살이 지나갔다. 점차 그 선이 굵어지더니 마침내 두 조각 난 바위가 배를 하늘로 향한 채 발랑 드러누웠다.

우르르—

한동안 얼어붙어 있던 사람들이 조각난 바위를 향해 급히 몰려갔다.

화연옥도 토끼눈을 하고 다가가 바위를 살펴보았다.

칼로 자른 듯 깨끗하지는 않았지만 바위 단면은 일직선으로 양단되어 있었다.

"어엇!"

단면에 손을 대어보던 누군가 기겁을 하고 손을 떼어냈다. 잘린 부분이 마치 불에 달군 듯 뜨거웠기 때문이다. 다른 쪽 단면을 만져 보던 사람은 더 심해 살이 벌겋게 익은 채 비명을 질렀다. 소매까지 타들어갔는지 시커멓게 변한 채 매캐한 냄새를 풍겼다.

"확신은 없었는데… 되는군요."

무영은 각원과 우신자 등을 쳐다보며 냉랭한 미소를 지었다.

각원의 표정이 밀랍처럼 창백하게 변했다.

저 정도라면 사부인 무오 성승에 견주어도 뒤지지 않는다.

대체 이 청년의 정체는 무엇이란 말인가?

각원의 뇌리가 복잡하게 헝클어지고 있었다.

"바위에 미리 무슨 수작을 벌여놓았을 수도 있지요."

도상문이 여전히 침착한 표정과 함께 지적했다.

"항상 그런 생각을 하는 똑똑한 분들이 계시기에 완전히 박살을 내지 않고 남겨두었지요."

두 쪽 난 바위로 다가간 무영은 바위를 향해 손을 찔러 넣었다.

무영의 손이 손목까지 바위 속으로 파고들었다.

자신의 몸집보다 몇 배는 더 큰 바위를 한 손으로 집어 올린 무영이 그것을 던졌다.

"으아악!"

바위가 날아가는 궤적에 자리를 잡은 사람들이 비명을 지르며 몸을 날렸다.

쿵!

바위는 도상문 앞에 떨어져 내리며 근처의 땅을 진동시켰다.

도상문의 표정이 처음으로 핼쑥하게 변했다.

가까이서 보니 더 커 보였다. 그리고 그 어디에도 사전에 무슨 수작을 벌인 흔적은 없었다.

아니, 그 이전에 이 크고 단단한 바위 속에 깊이 손을 박아 넣은 것도 모자라 한 손으로 이곳까지 집어 던진 사실만으로도 모든 것이 증명되었다.

"왜 그러셨다고 생각하십니까, 각원 스님?"

바늘 떨어지는 소리라도 들릴 것 같은 정적 속에서 무영의 음성이 다시 들렸다.

"무슨… 말씀이시오?"

질문의 의미를 간파하지 못한 각원이 떠듬거리며 반문했다.

"왜 귀 파의 장문인께서 친서까지 보내며 여러분을 이곳에 참석하라고 하셨을까요?"

무영의 신랄한 지적에 각원을 비롯한 모든 사람의 표정이 굳어지고 있었다.

자신들이 장문인의 친서를 받고 이곳에 왔다는 것은 아무에게도 밝힌 적이 없었는데 무영은 그것까지 짐작하고 있었다.

그러나 그것이 문제가 아니었다.

장문인께서 왜 친서를 보내 자신들을 이곳까지 보냈는지 처음에는 무척이나 궁금했다. 그래서 이곳에 무언가 있을 것이라는 생각도 했다. 하지만 온통 거지 떼에 웃기지도 않는 문파의 모습이 그것들을 망각하게 만들었다.

비로소 장문인의 친서가 들어 있는 가슴이 무겁게 느껴졌다. 순간적인 감정에 휩싸여 자신들은 장문인의 지시를 반만 이행한 꼴이 되어가고 있었다.

화씨세가에서 온 화준성의 얼굴도 차갑게 굳어졌다.

형 화운성과 오인목, 그리고 화연옥의 비정상적인 행동들!

그때는 도저히 이해가 되지 않았는데 이젠 무언가 감이 잡히는 것도 같았다.

"장로님들께선 저것들을 좀 치워주시지요."

정적을 깨고 무영의 음성이 다시 울렸다.

'장로?'

무영의 시선을 받은 복지강을 비롯한 다섯 마도인이 서로를 쳐다보았다.

'웬 장로?'

다섯 마도인의 눈이 서로에게 그렇게 묻고 있었다. 그러나 장내의 모든 시선이 자신들에게 고정되어 있었다.

한참 더 미적거리고 있던 복지강이 마침내 몸을 일으켰다.

나중에 내팽개치더라도 지금은 파황문의 장로가 되어야 했다.

"살다 살다… 별……."

옆에 있던 구현목도 비 맞은 중처럼 중얼거리며 복지강의 뒤를 따랐다.

"더럽게 무겁군!"

바위를 들어 올리며 복지강이 구시렁거렸다. 그러나 두 사람 모두 각각 한 손만 써서 거뜬하게 들어 올리는 바위는 절대로 무거워 보이지 않았다.

문주도 괴물이고 장로들도 괴물이었다. 이들만으로도 웬만한 문파 한 개는 반나절 안에 충분히 쑥대밭으로 만들 수 있을 것 같았다.

푸드득!

갑자기 비둘기 한 마리가 세차게 허공으로 날아올랐다.

임시로 빌린 옆 건물에서였다.

비둘기 다리에 커다란 쪽지가 매달린 것으로 보아 전서구가 틀림없었다. 누군가 옆 건물에서 상황을 예의 주시하다 더 지체할 수 없어 다급하게 날리는 모양이었다.

"쥐새끼들이 숨어 있었군!"

차갑게 중얼거린 무영이 품속에 손을 넣었다.

무영의 손이 품속으로 들어가자 모든 하오문도들이 다급히 손을 들어 올려 귀를 틀어막았다. 무영이 무엇을 할 것인지 익히 알고 있는 모습들이었다.

삐이익!

고막을 찢는 듯한 소음이 울리며 원앙탈명륜이 허공을 갈랐다.

무림인들이 아닌 일반 구경꾼도 많이 있었기 때문에 음공은 펼치지 않았지만 대기를 가르는 그 파공음만으로도 가슴이 철렁 내려앉을 정도였다.

파팟!

이십 장도 넘는 높은 곳에서 깃털이 사방으로 비산했다.

째애액!

순식간에 비둘기 한 마리를 도륙한 원앙탈명륜이 무영의 손으로 되돌아왔다.

두 개로 분리되어 날아오던 것이 무영의 신형 일 장 앞에서 하나가 되어 손바닥에 안착했다.

가공할 속도와 믿어지지 않는 거리를 격한 타격이었다.

모든 사람의 눈에 경악이 번져 나갔다.

저 정도면 신궁이라는 별호를 가진 사람이 화살을 날려야 잡을 수 있을까 말까 한 거리다. 그런데 활도 아닌, 암기를 던져서 맞추고 그 암기가 되돌아오기까지 하는 것은 뻔히 보고도 믿어지지가 않았다.

"원앙탈명륜이라고 하는 것인데…… 주인 말을 아주 잘 듣지요."

무영은 어린아이가 새로 산 장난감을 자랑하듯 이리저리 돌려 보이며 다시 허공으로 던졌다.

하오문도들이 아까와 마찬가지로 급급히 귀를 틀어막았다.

째애액!

이번에는 직선으로 날아간 원앙탈명륜이 아까 두 쪽으로 동강 낸 바위를 가격했다.

파파파파!

두 개로 분리된 묵륜과 옥륜이 무섭게 공진하며 바위를 파고들었다.

순식간에 바위 한 귀퉁이가 산사태가 나듯 무너져 내렸다. 반쪽 난 바위의 사분지 일이 다시 돌조각으로 변해 버린 것이다.

차 한 잔 마실 정도의 짧은 시간 동안에 벌어진 가공할 만한 기념행사였다.

사람 키보다 높은 바위를 두 동강 낸 무공이나 상상을 불허하는 능력의 암기는 가슴을 내려앉게 하고 손끝마저 덜덜 떨리게 만들었다.

이인경은 어서 자리로 되돌아가서 앉고 싶었다. 그러나 자신이 제일 먼저 자리를 박차고 나왔기에 그럴 수도 없었다.

다른 사람들도 비슷한 심정이 되어 오도 가도 못하고 엉거주춤 서 있었다.

"해우소(解憂所)는 저쪽입니다, 스님!"

정대룡이 얼른 나서서 각원에게 뒷간을 안내했다.

각원이 은인이라도 만난 듯 얼른 정대룡을 따랐다. 무당과 화산파 사람들도 줄줄이 정대룡을 따라갔다.

"소저는 이쪽으로 오세요."

화연옥이 이인경에게 다가가 따로 안내를 했다. 남자들을 따라가지 못하고 질린 채 서 있는 얼굴이 보기에도 딱했다.

"누구… 신지……?"

날렵하게 검을 찬 모습이 예사롭지 않음을 느낀 이인경이 화연옥을 유심히 살펴보며 물었다.

"화연옥이라고 해요. 호북성에서 왔어요."

"설마… 화씨세가의……?"

화씨세가에서도 하객이 왔다는 소리를 들었지만 이인경의 눈은 크게 뜨여졌다.

화씨세가의 화연옥이라면 몇 번 들은 적이 있는 이름이다.

같은 연령의 여자 검수 중에서는 세 손가락 안에 꼽히는 실력을 가졌다고 들었다. 자신이라면 십 년 후에나 지금의 화연옥만큼 될 것이다. 어쩌면 영원히 불가능할지도 모르고. 또한 그녀는 검술보다 오히려 두뇌가 더 뛰어난 재녀(才女)라고도 했다.

"그래요. 다른 사람들은 저희 집을 화씨세가라 부르더군요."

화연옥이 고개를 끄덕였다.

"소저가 어떻게……?"

이인경은 화연옥을 뚫어져라 쳐다보았다.

화씨세가의 하객 중에 화연옥이 있을 줄은 몰랐다.

"이곳 문주님께 개인적으로 평생 갚아도 부족할 만한 은혜를 입었어요. 그보다… 정화영 소저는 잘 계신가요?"

화연옥이 화제를 돌렸다.

"화영 사저를 아시나요?"

"작년 봄에 저희 집에 오셨어요. 그때 무영 공자님도 동행하셨죠."

"동행?"

이인경은 잠시 생각에 잠겼다.

지금 생각해 보니 그때 화씨세가 잔치에 다녀온 사람들은 정화영뿐만 아니라 모두 좀 이상했다. 무언가 무거운 분위기에 젖어 한동안 말을 아꼈다. 그리고 자주 장문인 처소에서 밀담을 나누는 것 같았다.

그렇다면 장문인으로부터의 이 얘기치 못한 개파대전 참석 지시는 그때부터 기인된 것인가?

아마 그런 것 같았다. 그렇지 않고는 화산이 이런 거지 떼의 개파대전에 참석할 까닭이 없다.

"이곳 문주… 님은 어떤 사람인가요?"

이인경은 조심스럽게 물었다.

"글쎄요, 한마디로 정의하긴 힘들고… 아마 제가 그분과 대결을 벌인다면 삼 초를 버티지 못하리란 것은 장담할 수 있어요."

"설마?"

이인경이 눈을 동그랗게 떴다. 그리고는 화연옥을 빤히 쳐다보았다. 화연옥이 사문의 이름을 믿고 콧대만 높은 자신을 비웃으려 한다고 생각한 것이다.

"작년 저희 집 잔치 때, 온몸으로 내뿜는 기세만으로도 밧

줄에 묶인 듯 꼼짝할 수가 없었어요. 지금은 그때보다 한 단계 더 성취를 이룬 것 같으니 삼 초가 아니라 이 초도 못 버틸지 모르죠. 그런데 이곳 사천성엔 어쩐 일이신가요?"

화연옥은 화제를 바꾸었다.

"사부님을 따라왔어요."

"무슨 특별한 일이라도……?"

"그냥 견문도 넓힐 겸 여행 중이었어요. 전 다른 곳으로 가고 싶었지만 사부님께서 이쪽으로 고집하셔서……."

"그렇군요."

화연옥의 눈이 순간적으로 빛을 발했다가 금방 본래의 색조로 되돌아왔다.

第八十三章

색출(索出)

장흥관일

하오문도, 아니, 이젠 파황문 문도의 자부심이 하늘을 찌를 듯 높아진 가운데 개파대전은 막을 내렸다.

정문을 들어설 때는 조롱 어린 웃음을 입가에 매달고 있던 하객들은 모두 등줄기로 얼음물이 흘러내리는 것 같은 느낌을 받으며 돌아갔다.

그들 중에는 최근 사천에서 급성장한 흑룡회의 첩자들도 있었고, 녹림십팔채의 사람들도 있었다. 군소 정도 문파의 사람들도 신분을 감춘 채 참석하고 있었다. 그들은 앞으로 사천 땅의 세력 판도가 어떻게 변해갈지 모르겠다는 복잡한 심정으로 돌아갔다.

흑룡회가 예상외로 강한 무력을 과시하며 급격하게 팽창하고 있었다. 그런 식이라면 사천의 흑도는 흑룡회가 완전히 장악하고 머지않아 정도 문파를 심각하게 위협하는 세력이 될 것으로 예상했다.

그런데 전혀 뜻밖으로 생겨난 파황문이 큰 변수로 작용할 것 같았다.

아직 정파인지 사파인지 구별도 되지 않는 문파였지만 그 문주와 장로들의 능력은 일대종사의 신위와 맞먹었다.

그런 사람들이 우두머리로 있는 이상 그 문파의 구성원이 하오문이라 해도 별 상관이 없다.

무림문파 간에 대격돌이 벌어지면 절정고수들의 활약이 승패를 좌우하게 된다.

그들이 나서서 상대 문파의 수장을 꺾어버리면 사기는 급속도로 하락하게 되어 균형이 무너진다.

그러지 않더라도 절정고수들의 일장은 오합지졸 백 명이 휘두르는 도검보다 무서웠다.

절정고수들이 거대한 해일처럼 휩쓸고 나면 그 이후에는 설거지를 하는 수준에 그친다. 설거지는 하오문도들이라고 해도 충분히 할 수 있었다. 아니, 어쩌면 온갖 굳은 일을 해오던 그들이기에 설거지는 훨씬 더 잘할지 몰랐다.

사천성에서 갑자기 생겨난 파황문의 이름을 듣고 더 이상 배꼽이 빠져라 웃는 사람은 없을 것이다.

내일 아침부터, 아니, 어쩌면 오늘 저녁부터 파황문은 모든 사람의 뇌리에 흑룡회만큼이나 살벌한 느낌으로 번져 나갈 것이다.

"멋진 연출이었어요. 특히 전서구를 잡는 장면은……."

구경꾼들이 대부분 돌아가고 땅거미가 내리는 장원의 한 실내에서 무영과 찻잔을 마주한 화연옥이 미소를 지으며 말했다.

"알고 계셨습니까?"

무영이 빙긋 웃으며 화답했다.

"공자님의 제자라는 사람이 며칠 전부터 비둘기 한 마리를 생포해야 한다며 하루 종일 뛰어다니더군요. 그리고 공자님이 원앙탈명륜을 꺼내 들 때 문도들이 일제히 귀를 틀어막는 모습도 뭔가 작위적인 냄새가 짙었고, 또… 전서구의 다리에 매달린 쪽지는 만인이 알아볼 수 있을 만큼 컸어요."

화연옥의 미소가 더욱 짙어졌다.

무영은 물끄러미 화연옥을 쳐다보았다.

작은 단서만으로도 많은 것을 파악해 내는, 처음 보았을 때의 그 날카로운 눈썰미는 조금도 녹슬지 않았다.

"조금 과한 감이 있지 않았나 하는 생각도 드는 중입니다."

무영은 계면쩍은 미소를 지었다.

"어차피 사방팔방으로 소문을 내기 위한 일이 아니었나요?

그렇다면 효과 만점이었어요."

화연옥은 또다시 무영의 내심을 읽으며 말했다.

"속이 많이 거북하군요."

무영이 배에 손을 갖다 대며 말했다.

"잔치 음식이… 맞지 않은 건가요?"

뜬금없이 위장 타령을 하는 무영을 보며 화연옥이 약간 염려스런 표정으로 물었다. 여자들이 모자라 음식을 장만하는데 자신도 많은 부분을 거들었다.

"누가 자꾸 속으로 들락거리는 느낌이라……."

"푸훗!"

무영이 던진 농담의 의미를 깨달은 화연옥이 실소를 터뜨렸다.

내 속에 들어왔다 나오지 않았냐는 말을 빙 돌려 표현한 것이다.

"그런 농담도 할 줄 아시는군요."

화연옥은 새삼스럽다는 눈으로 무영을 쳐다보았다.

"그렇군요. 나도 농담을 할 수 있었군요."

무영은 그런 쪽으로는 익숙지 않은 듯 입맛을 다셨다.

복수행을 시작한 이후 누군가에게 농담을 한 것은 처음인 것 같았다. 언제나 농담보다는 독설을 쏟아내는 편이었다.

무당산에서 대성을 이루면서 변한 것이 아닌가 하는 생각도 들었다. 아니면 마주한 화연옥 때문에 그렇게 된 것일지 모른다는 생각도…….

  '연지…….'

  문득 무영의 시선이 화연옥을 지나 먼 곳으로 향했다.

  화연옥의 표정이 흠칫 굳어졌다.

  눈은 자신을 보고 있었지만 무영의 시선이 머문 곳은 절대 자신이 아니라는 것을 느낀 때문이었다.

  "못 잊을 사람이…….'

  화연옥은 무언가 말을 하려다 얼른 입을 다물며 대화의 방향을 바꾸었다.

  "오늘 이곳에 참석한 화산의 청영자 말인데요."

  "청영자?"

  무영의 시선이 까마득한 곳으로부터 화연옥에게로 돌아왔다.

  "저번에 저희 집에 왔을 때 그러셨죠. 화산파에도 간자가 있고 그를 추적하다가 화산파 사람들이 밀막의 역추적을 받았다고…….'

  "그게 청영자와 무슨 관계가 있다는 말입니까?"

  무영의 눈매가 날카로워졌다.

  "식을 하는 도중 좀 지켜보았지요. 일부러 그런 건 아니고… 대부분이 남자들인 이곳에 내 또래 여인이 있기에 자연 관심이 갔죠. 그래서 시선을 주고 있었는데 그 소저 곁에 있던 청영자가 자주 전음을 펼치는 것 같았어요."

"확실합니까?"

무영이 깊은 눈으로 화연옥을 쳐다보았다.

화씨 가문 사람들의 특징이기도 하겠지만 특히 화연옥의 눈매는 더 날카로웠다. 그녀가 그렇다면 틀림없을 것이다.

"이곳에서 청영자가 다른 사람들에게 전음을, 그것도 그렇게 자주 날릴 만한 일은 없겠다 싶어 아까 이인경 소저에게 접근해서 확인해 보았어요. 어떻게 사천성에 오게 되었는지."

"이유는?"

"그냥 중원 여행이라고 했어요. 자신은 다른 곳에 가고 싶었는데 사부께서 이곳을 고집하셔서 오게 되었다더군요. 그러다 파황문에 가까이 있다는 이유로 참석하라는 지시도 받았겠죠."

화연옥의 눈매도 날카로워지고 있었다.

"뭔가 냄새가 풍기는군요."

무영이 고개를 끄덕였다.

"누구에게 전음을 펼치는지는 짐작할 순 없었습니까?"

"그건 불가능했어요. 워낙 사람들이 많아서."

화연옥은 아쉬운 표정으로 고개를 흔들었다.

"그럼 지금부터 미행을 붙여보아야겠군요."

"어제까지 묵었던 객점에 다시 들른 후 내일 떠난다고 들었어요."

화연옥은 이인경으로부터 그것까지 알아놓은 모양이었다.

"고맙소. 아주 유익한 정보였소."

무영이 무언가 생각에 잠기는 표정으로 묵묵히 고개를 끄덕였고, 화연옥도 조심스럽게 한숨을 토해냈다.

*　　　　*　　　　*

"화 소저!"

자신들이 묵고 있는 객점에서 술을 한잔하고 있던 이인경은 객점 문을 들어서는 화연옥을 보고 깜짝 놀라 목소리를 높였다. 그의 사형 도상문도 두 눈을 크게 뜨며 화연옥을 쳐다보았다.

밤이 제법 이슥한 시간이었다. 그런 시간에 단신으로 이곳을 찾은 화연옥의 행보는 천만뜻밖이었고, 짙은 의구심마저 자아내게 했다.

"대체 이곳엔 어쩐 일이신가요?"

화연옥을 자신들 자리로 안내한 이인경은 여전히 놀란 표정으로 물었다. 아까 파황문에서 친절을 베풀어준 화연옥이었기에 호감이 컸지만 너무 갑작스러웠다.

"청영자 대협에 관한 일로 급히 왔어요."

화연옥은 차분한 음성으로 말했다.

"사부님 말인가요? 지금 잠시 외출 중이신데……."

이인경의 눈에 더욱 짙은 의구심이 어렸다.

"알고 있어요. 지금 부상을 당하셨어요."

"부상이라고요?"

도상문이 벌떡 일어섰고, 이인경도 따라서 몸을 일으켰다.

휘익!

도상문이 발작적으로 객점 문 쪽으로 달려나가 몸을 날렸다.

"사형, 같이 가요!"

*   *   *

"이곳이오."

어둠 속에서 나직한 음성이 들렸다.

그 음성과 함께 아무런 기척 없이 한 명의 인영이 나타났다.

"오시느라 고생했소."

낮은 목소리의 주인공이 말했다. 그러나 상대방은 아무런 대답이 없었다.

"혹시 미행은……?"

낮은 목소리가 조심스럽게 물었다.

"없었소."

무뚝뚝한 목소리가 처음으로 답했다.

"그럼 바로 본론으로 들어갑시다. 직접 보시니까 어떻소. 가능할 것 같았소?"

낮은 목소리가 물었다. 그러나 무뚝뚝한 목소리는 침묵을 지킨 채 아무 대답이 없었다.

"자신이 없는 것이오?"

낮은 목소리가 약간은 짜증스럽게 물었다.

"놈의 무공이 예상보다 훨씬 강했소. 어쩌면 힘들지도 모르겠소."

무뚝뚝한 목소리가 답했다.

"그건 나도 보았소. 어디서 그런 놈이 나왔는지 모르겠지만… 당신이 자신없어할 줄은 몰랐소."

낮은 목소리가 한숨을 내쉬었다.

"그럼 계약의 내용을 조금 바꿉시다. 놈은 그냥 두고 놈의 사형을 먼저 베어주시오."

낮은 목소리가 약간은 의기소침하게 말했다.

"사형?"

무뚝뚝한 목소리가 반문했다.

"오늘 문주란 놈 뒤쪽에 앉아 있던 백발의 늙은이 말이오."

"그자가 사형이란 말이오? 큰아버지나 할아버지뻘로 보이던데."

"사형이 맞소. 때를 보아 그놈을 베어주시오. 그놈을 제거하면 문주란 놈도 타격을 받아 급격히 평정심을 잃을 것이오. 그때 다시 놈을 제거하면 되오."

낮은 목소리가 확신하듯 말했다.

"왠지 내키지 않는군."

무뚝뚝한 목소리가 짜증스럽게 말했다.

"화산에서 세 손가락 안에 드는 당신의 실력을 믿기에 맡기는 것이오. 더 이상 다른 방법은 없소."

낮은 목소리가 단호하게 못을 박았다.

"예감이 아주 안 좋아. 기분 나쁜 일이야."

무뚝뚝한 목소리가 혼잣소리처럼 중얼거렸다.

"평생 기분 좋은 일만 하고 살 순 없지요."

낮은 목소리가 말했다.

"젠장!"

무뚝뚝한 목소리가 역정을 토한 후 잠시 침묵을 지켰다.

"선수금부터 주시오."

무뚝뚝한 목소리가 말했다.

"우선 삼분지 일을 드리겠소."

"반이 아니오?"

"조건이 조금 변경되었기 때문이오. 사형이란 놈을 베고 문주란 놈의 목까지 베어오면 모두 주겠소."

"정말 기분 나쁜 일이군."

무뚝뚝한 목소리가 침을 뱉었다.

"부디 성공을 비오."

낮은 목소리가 순식간에 멀어져 갔다.

휘익!

잠시 후 갑자기 파공음이 들렸다. 뒤이어 파앗! 하고 미세한 파육음이 터져 나왔다. 암기나 검이 살갗에 스치는 소리였다.

"쥐새끼!"

무뚝뚝한 목소리의 주인이 잇새로 뱉어내며 쾌속하게 앞으로 쏘아져 갔다. 그와 동시에 또 다른 바람 소리도 빠르게 쏘아졌다.

"살다 살다 별짓을 다 당하는군."

파황문의 두 번째 장로 구현목은 어깨 한곳에서 흐르는 피를 닦으며 중얼거렸다.

놈의 실력은 예상을 훨씬 뛰어넘었다.

기척을 완벽히 죽였다고 생각했는데 놈은 마지막 순간 자신의 존재를 알아차리고 검을 휘둘렀다.

족히 이 장의 거리는 떨어져 있었는데도 검에서 뻗어 나온 검기가 어깨에 미세한 상처를 남겼다.

대수롭지 않은 상처였지만 자존심이 상했다.

그동안 콧방귀만 뀌었던 구대문파의 무공!

직접 견식하고 보니 명불허전이란 생각이 들었다.

"마음 같아서는 한바탕 벌이고 싶지만 맡은 역할이 그게 아니니… 살다 살다……."

기가 막힌 듯 투덜거린 구현목은 뒤에서 빠르게 쫓아오는 인기척을 느끼며 몸을 날렸다.

*   *   *

"더러운 놈! 거파의 명숙이라는 자가 돈을 그렇게 밝히다니, 화산도 망조가 들었어. 퉤!"

임무를 마치고 돌아가는 길에 낮은 목소리가 역겹다는 듯 침을 뱉었다.

"돈이면 귀신도 부린다고 하지 않습니까?"

다른 목소리가 끼어들었다.

"아무리 그래도 그렇지, 도사라는 인간이 그러는 것을 보니 더 역겨워."

"그런 인간이 있기에 우리 같은 사람도 살지요. 안 그럼 우리가 뭘 먹고살겠습니까?"

또 다른 목소리가 대꾸를 했다.

"그건 맞는 말이군. 그런 인간들이 없다면 우리 같은 사람들은 설 자리가 없어지겠지. 그렇다면 오히려 고맙다고 해야 하나?"

"그래도 더러운 건 더러운 거지."

또 하나의 다른 목소리가 끼어들었다.

"그렇지. 우리가 아무리 이런 일을 하더라도 더러운 건 더러운 것이지. 안 그래?"

"그렇지. 그놈도 더럽고 너희는 더 더럽지."

조금 전에 끼어든 목소리가 신랄한 어조로 말했다.

"뭐야? 이 자식은 누구 편이야! 가, 가만, 너 누구야? 으악!"

처절한 비명 소리가 밤하늘을 가로질렀다.

갑작스런 사태에 몇 명의 사내가 황급히 검을 뽑아 들었다. 그러나 그보다 한발 앞서 대기를 가르는 날카로운 파공음이 지나갔다.

"크윽!"

"큭!"

"으윽! 누구냐, 네놈은?"

"아까부터 같이 다니는 걸 인정해 주었으니 동료라 해야겠지?"

차가운 목소리가 비꼬듯 흘러나왔다.

"……."

"녹림의 인물들인가?"

신랄한 목소리가 다시 물었다.

"헛소리!"

"녹림이 무황성의 주구가 되어 설치는 것, 그런 게 헛소리지. 어디 얼마나 뼈대가 굵은지 한번 볼까?"

파앗!

"크아아악!"

"아아악!"

"아아!"

지독한 고통을 겪는 듯 세 가닥의 목소리가 어둠을 찢어발겼다.

"제발, 제발…… 크으윽!"

마침내 사내의 목소리가 저항의 의지를 잃은 채 흘러나왔다.

"묻는 말에 고분고분 대답을 하면 멈추지."

"그, 그렇게 하겠소. 그러니… 크윽! 제발!"

"아, 안 돼! 이 개자식! 크아악!"

반발을 하던 사내가 단말마의 비명을 지르며 바닥을 뒹구는 소리가 흘러나왔다. 뒤이어 자욱한 피 냄새가 사방을 진동하는 것으로 보아 그 사내는 이미 염왕을 알현하고 있는 것이 분명했다.

"그럼 질문을 하지. 오늘 일을 사주한 자는?"

"모, 모르오. 우리는 명령만… 크윽!"

"모르는 자는 더 이상 살려줄 필요가 없지."

무언가가 땅에 떨어져 구르는 소리와 함께 다시 혈향이 사방으로 퍼져 나갔다.

"으으… 모두… 모두 말하면… 살려주겠소?"

"그러지. 네놈 따위의 목숨은 나에게 별 중요한 것이 아니니까."

"아, 알겠소. 아는 건 모두 말하겠소. 그러니 약속은 지켜주시오."

"두 번 말하게 하지 마라. 그런 건 질색이니까."

신랄한 목소리가 단호하게 내려앉았다.

*   *   *

"사부님은 어디 있소?"

바람처럼 달려온 도상문이 득달같이 물었다.

"그걸 내가 어떻게 알아요?"

화연옥이 냉랭한 목소리로 답했다.

"부상당했다고 하지 않았소?"

도상문은 화연옥의 멱살이라도 잡아 흔들기라도 할 듯 고함을 질렀다.

"부상당했다고 했지 이곳에 있다는 말은 하지 않았어요. 그런데 어떻게 곧장 이곳으로 온 것이죠?"

화연옥의 눈이 칼날처럼 날카롭게 빛났다.

"그건……."

"역시 예상대로였군요. 당신도 협상 장소를 알고 있었어."

화연옥이 신속히 검을 뽑았다.

"무, 무슨 소린가요? 알고 있는 것은 뭐고 협상 장소는 또 뭔가요?"

이인경이 두 사람을 동시에 쳐다보며 고함을 쳤다.

"건방진 계집, 죽여 버리겠다!"

도상문도 검을 뽑아 들었다.

"이젠 확실히 본색을 드러냈군."

화연옥이 차갑게 웃었다.

"화, 화 소저!"

이인경이 혼란한 표정을 감추지 못하고 화연옥을 불렀다.

"당신 사부와 사형은 화산을 배신하고 무황성의 주구가 되었어요. 그러니 비켜서세요. 안 그럼 당신도 죽일 거예요."

화연옥의 말에 이인경은 극도로 혼란한 표정을 짓다가 마침내 검을 뽑아 들었다.

"당신 말을 믿을 수 없어요. 나도 사형을 돕겠어요."

이인경이 고개를 흔들며 말했다.

"사부님의 안위가 걱정스러워! 그러니 합공해서 최대한 빨리 제압해!"

도상문이 다급한 목소리로 이인경을 재촉했다.

"알았어요. 일단 제압하고 나서 모든 걸 밝히도록 해요."

이인경이 고개를 끄덕였다.

"그럴 정도였으면 이곳에 오지도 않았겠죠. 당신들 두 사람이 합공할 것이란 것은 예상하고 있었으니까."

화연옥이 기수식을 취했다.

"정말 혼자서도 괜찮겠소?"

어둠 속에서 중년인의 목소리가 들렸다.

파황문의 세 번째 장로 지상학이었다.

"안 오서도 되는데……."

그가 올 줄은 몰랐는지 흠칫 몸을 굳혔던 화연옥이 안도한 표정과 함께 말했다.

"문주님의 지엄하신 분부라……. 쩝!"

지상학이 입맛을 다셨다.

"어쨌든 혼자 할 테니 나서지 마세요."

단호하게 고함을 친 화연옥이 선공을 해나갔다.

쨍!

쨍!

어둠 속에서 두 번의 불똥이 튀었다. 그와 함께 두 개의 검이 휘청 중심을 잃었다.

도상문과 이인경의 검이었다.

도상문의 얼굴이 와락 찌푸려졌다.

자신의 검이 화연옥의 검에 의해 튕겨 나갔다는 것이 수치심을 자극한 것이다.

검초가 파훼당했다면 차라리 나았다.

화씨세가의 검은 백도제일의 검법으로 정평이 나 있었기

에 인정해 줄 수도 있었다.

그런데 단순하게 맞부딪친 여인의 검에 자신의 검이 튕겨 나갔다는 것은 참을 수가 없었다.

화연옥을 도우러 온 중년인은 한눈에 보아도 자신의 상대가 아님을 짐작할 수 있었다. 하지만 지금은 그가 문제가 아니었다.

앞에 서 있는 여인!

그녀에게서 현격한 내력의 차이를 느낀다는 것이 모든 것을 망각하게 만들었다.

"차아!"

고함과 함께 도상문이 세차게 검을 내리그었다.

초식에 앞서 자신의 검이 튕겨난 상황을 만회하고자 하는 일 초였다. 그러나 화연옥의 검은 그의 의도를 완전히 묵살해 버렸다. 이번에는 부딪치지 않고 도상문의 검을 비켜내고 환검에 가까운 만화검법의 검초로 도상문의 가슴을 노리고 들었다.

"하앗!"

날카로운 음성과 함께 이인경이 검을 휘둘렀다.

가만히 두면 도상문의 가슴이 갈라질 판이었다.

휘리릭—

화연옥의 검이 다시 어지러운 변화를 일으키며 이인경의 허리로 날아들었다.

쉬이익—

이인경의 검이 매화 송이를 뿌려냈다.

만화검에 못지않은 매화이십사검의 검초였다.

실초와 변초가 어지럽게 섞이고 쾌(快)와 환(幻)이 혼재하는 환상적인 검법이었다.

그러나 그 쾌와 환을 제대로 이해하고 휘두르기에는 이인경의 나이가 너무 어렸고 그녀의 공부 또한 너무 얕았다.

쨍쨍쨍!

날카로운 쇳소리가 연속으로 터져 나왔다.

"이게……."

이인경의 눈동자가 불신으로 심하게 흔들렸다.

자신의 검초가 가닥가닥 막혀 버렸다.

한 번쯤이면 모르겠지만 모조리 막히는 것은 도저히 이해가 안 되었다. 이건 마치 파훼법을 알고 있는 사람과 대결하는 것 같았다.

"당신 문파의 검법을 도둑질한 건 아니니까 그런 얼굴을 할 필요는 없어요. 검법에는 문제가 없지만 그걸 펼치는 당신에게는 문제가 많으니까."

화연옥의 신랄한 지적에 이인경의 얼굴이 처절하게 구겨졌다.

"이 망할 계집애! 죽여 버리겠다."

"그럼 넌 사내새끼냐?"

이인경의 막말에 같이 맞받아친 화연옥이 다시 만화검의 초식을 펼쳤다.

쌔애액—

이인경의 검과 부딪치기 전에 도상문의 검이 화연옥의 어깨를 가르며 날아들었다.

화연옥의 허리가 폭풍우 앞의 대나무처럼 휘어졌다. 뒤이어 탄력을 받고 상체를 일으킨 그녀의 검이 잠자리 날개처럼 빠르게 움직였다.

파팟—

도상문의 어깨에서 선혈이 튀어 올랐다.

"이 계집이!"

도상문이 야차처럼 고함을 치며 검을 휘둘렀다. 그 사이로 이인경이 그물망을 펼치듯 매화이십사검을 펼쳤다.

두 자루의 검이 검진을 펼친 듯 화연옥의 전신을 향해 쇄도해 들었다.

이제까지는 그래도 마지막 남은 한 가닥 자존심에 완전한 합공을 하지 않았지만 화연옥이 자신들의 상대가 아니라는 것을 인식하며 그들은 확실하게 합공을 펼친 것이다.

평소 매화검법의 초식으로 사상검진, 오행검진, 육합검진 등을 연마하며 합격술에도 이력이 난 그들의 합공은 마치 한 사람이 두 자루의 검으로 검초를 펼치는 것처럼 정교하게 맞물려 돌아갔다.

주춤!

화연옥이 처음으로 한 걸음 뒤로 물러섰다.

그것을 기회로 두 사람의 검이 더욱 세차게 화연옥을 옥죄어왔다.

화씨세가가 중원제일의 검파라 하지만 화산 역시 무당과 함께 구대문파 중 제일의 검파 자리를 놓고 각축을 벌여왔다. 그런 문파에서 수련을 한 그들이 합공을 펼치자 두 배가 아니라 세 배, 네 배의 위력을 발휘하며 화연옥을 몰아쳐 갔다.

째째쨍!

다시 화연옥의 신형이 두 걸음 뒤로 밀렸다.

이렇게 거듭 밀리기 시작하면 승패의 추는 급격히 한쪽으로 기울고 만다. 그것을 알고 있는 도상문과 이인경은 가일층 세차게 화연옥을 밀어붙였다.

'이건 좀 힘들겠군!'

지상학이 고개를 흔들었다.

애초부터 말이 안 되는 대결이기도 했다.

절정에 이른 고수 사이의 대결이라면 나이와 성별이 별 영향을 미치지 못하겠지만 아직 이십 초반의 청년들이었기에 남녀의 차이는 현격했다. 그것도 모자라 또 한 명의 여인이 더 추가되어 이 대 일로 대결을 벌이는 것이다.

비겁하다고 할 수도 있는 대결이었지만 화씨세가라는 그림자가 그것을 망각하게 만들었다.

지상학은 슬쩍 손을 들어 올리며 나설 채비를 했다.

'엇!'

지상학이 외마디 경호성을 속으로 삼켰다.

그물 같은 검세 속에 고전하는 것 같던 화연옥의 만화검이 일체의 변화를 지워 버리고 그 자리에 못 박힌 듯 멈추었다.

'이정제동(以靜制動)!'

지상학이 눈을 부릅뜨며 다시 경호성을 삼켰다.

지금 화연옥의 검법은 정으로 동을 누르는 이정제동의 초식이었다. 비록 검은 못 박힌 듯 멈추어 있지만 그 검에서 터져 나오는 기파는 도상문과 이인경이 휘두르는 두 자루 검의 기파를 모조리 제압하고 가닥가닥 잘라내고 있었다.

그것은 무영이 화씨세가의 연공실에서 내기라는 명목으로 화연옥의 외삼촌 오인목과 대결을 벌일 때 마지막 순간 펼쳤던 검초였다.

그 검초로 무영은 오인목을 죽이지 않고도 그의 그물망 같은 검세 속을 빠져나올 수 있었다. 또 오인목은 그 검초를 대하고 더 이상의 대결을 펼치지 않고 패배를 자인했다.

그때 두 사람의 대결을 고스란히 지켜본 화연옥은 그것을 자신의 것으로 만들기 위해 필사의 노력을 기울인 것이다. 그리고 최근에는 소기의 성취를 이루고 지금 펼쳐 내고 있었다.

"크윽!"

"아악!"

도상문과 이인경이 동시에 비명을 토했다.

화연옥의 정지한 검에서 피어오른 기운이 자신들이 펼친 검초를 모조리 잘라내고 심맥까지 두드린 때문이었다.

파앗—

두 사람이 휘청거리는 사이 화연옥의 검이 도상문의 목을 향해 날아들었다.

퍼억!

마지막 순간 검을 튼 결과 도상문은 목이 잘리지 않고 검신에 가격당한 채 뒤로 넘어갔다.

휘익—

뒤이어 검을 들지 않은 화연옥의 손가락이 이인경의 가슴으로 쾌속하게 찔러들었다.

새파랗게 질린 이인경이 검을 들어 올렸지만 화연옥의 손이 한발 빨랐다.

파파팟!

가슴의 혈을 찔린 이인경도 뻣뻣하게 도상문 옆으로 넘어갔다.

"정말 명불허전이구려!"

통나무처럼 넘어가는 이인경의 몸을 잡아 곱게 바닥에 눕힌 지상학이 고개를 절레절레 흔들었다.

조금 전 화연옥의 검법은 자신으로서도 깜짝 놀랄 수준이었다.

검초의 화려함이나 정교함을 의미하는 것이 아니었다.

절체절명의 순간에 이정제동으로 상대를 제압하는 것은 수련을 넘어서 심득이 가미되지 않고는 불가능하다.

아직 수련도 많이 부족할 나이인 화연옥이 그런 수법을 펼친다는 것은 놀람을 지나 혼란함까지 몰고 왔다.

'역시 정파의 저력은 깊고도 넓군.'

지상학은 가슴 한곳이 서늘해 옴을 느꼈다.

"장로님께서 옆에서 지켜보지 않았다면 불가능했을 거예요."

화연옥이 긴 한숨을 내쉬며 말했다.

그녀의 말대로 지상학이 없었다면 화연옥은 단 한 번에 생명을 건 도박은 하지 못했을 것이다. 최악의 경우 지상학이 나설 것이라는 든든함이 흔들림없이 검초에만 집중하게 만든 것이다.

"아무리 그래도……."

지상학은 여전히 고개를 흔들었다.

"괴물 같은 조력자를 만나면 그런 복도 누리지요."

지상학으로서는 이해 불능의 말을 던진 화연옥은 두 사람의 상태를 살피기 위해 몸을 숙였다.

*   *   *

"이런 족제비 같은 놈!"

청영자는 거친 숨결과 함께 역정을 토했다.

정체불명의 놈이 펼치는 경공이 절대로 자신의 아래가 아니었다. 특히 기이한 은신술과 속임수는 사이한 기분마저 느끼게 만들었다. 그 은신술과 속임수에 속아 조금 좁힐 만하던 거리가 다시 멀어지기를 반복했다.

'기필코 죽여야 한다.'

청영자는 이를 악물었다.

어둠이 짙은 곳에다가 복면까지 하고 있었으니 놈이 자신의 정체를 알아차리지는 못했겠지만 만에 하나라도 빈틈이 생겨서는 안 된다.

파앗!

청영자는 땅을 박차는 발끝에 가일층 진기를 불어넣었다.

거리가 한층 더 가까워졌다.

이제 웬만한 속임수는 당하지 않을 것이다. 그리고 더 이상 시간을 지체해서도 안 된다. 신속히 놈을 베고 숙소로 돌아가야 했다.

"족제비 같은 놈. 이제야 잡았군!"

구현목의 앞을 막아선 청영자는 살기 진득한 목소리를 내뱉었다. 복면 사이로 드러난 두 눈에서는 귀화가 일렁이고 있었다.

"이곳까지 오느라 고생 많았소. 그런데 돌고 돌아 원점이

구려. 아까 그곳이니 말이오."

구현목은 하얗게 이를 드러내며 웃었다.

구현목의 말에 비로소 청영자는 사방을 둘러보았다.

그러고 보니 이곳은 아까 자신이 복면인들을 만난 곳이었다.

그동안은 무조건 놈을 잡아야 한다는 생각에 그런 것은 의식하지도 못하고 죽어라 경공만 펼친 것이다.

복면 속에서 청영자의 인상이 찌푸려졌다.

"그러고 보니… 네놈은?"

청영자의 얼굴이 더욱 구겨졌다.

지금껏 족제비처럼 빠르게 치달리며 애를 먹이던 이놈은 낮에 파황문의 개파대전에서 본 놈이었다.

장로라고 했다. 그리고 그곳의 문주란 놈이 집어 던진 바위 반쪽을 가볍게 들어 올려 치우던 놈이다. 비록 동료 한 명과 같이 옮겼지만 절대로 평범한 수준이 아니었다.

"날 알아보는 것을 보니… 나도 당신을 알 만하겠구려."

구현목은 느긋하게 웃으며 말했다.

청영자는 내심 아차 하는 심정이 되었지만 내친김이었다.

"네놈 정체는 무어냐?"

청영자는 차가운 음성으로 물었다.

"파황문의 차석 장로지요."

대답은 바로 뒤쪽에서 들려왔다.

청영자는 기절초풍할 심정으로 벼락같이 몸을 돌렸다. 그리고는 등줄기에 얼음물이 흘러내리는 기분을 느꼈다.

바로 코앞에서 한 청년의 얼굴이 보였다. 청년의 입김이 얼굴에 느껴질 정도다.

휘익!

청영자는 본능적으로 검을 뽑아 휘둘렀다.

빛살이라도 자를 만한 쾌검이었다. 그런 그의 쾌검술은 그를 화산파에서 세 손가락 안에 드는 위치로 올려놓았다.

그러나 쾌검 끝에 걸리는 것은 빈 허공이었다. 무영의 신형은 어느새 두어 걸음 뒤로 물러나 차가운 조소를 흘리고 있었다.

역시 예상대로였다.

개파대전에서 자신으로서는 벅찬 상대로 여겨 청부마저 거절하려 했는데 그 판단이 틀리지 않았다.

휘리릭!

파앗!

청영자의 검이 연속해서 휘둘러졌다.

청영자의 검을 향해 무영은 맨손을 휘둘러 갔다.

챙!

맨손과 부딪친 검에서 쇳소리가 터져 나왔다.

청영자는 눈을 크게 뜨고 무영의 손을 쳐다보았다.

무영의 손에서 쟁반처럼 둥근 모양의 푸른빛이 어른거렸다.

곧이어 청영자는 그 푸른빛의 정체를 알아차렸다.

'원앙… 탈명륜!'

개파대전 중에 간담을 서늘하게 하던 옥륜과 묵륜 중 옥륜이었다. 그것이 방패처럼 무영의 손등에 채워져 있었다. 그러고 보니 오른손에는 짙은 묵빛이 어른거렸다. 두 개의 륜 중 묵륜인 것이다.

"무황성의 주구가 될 정도로 돈이 좋았소?"

거듭해서 청영자의 검을 막아낸 무영은 차가운 어조로 물었다.

"개소리!"

청영자는 억눌린 고함과 함께 다시 검을 휘둘렀다.

검이 묵륜과 부딪치며 바위를 두드린 듯 튀어 올랐다. 그 사이로 푸른빛이 호선을 그리며 눈앞을 지나갔다. 흘러가는 구름처럼 여유로워 보였지만 절대로 피할 수 없는 움직임이었다.

팔랑—

어떤 보검으로 자른 것보다 더 깨끗하게 잘린 복면이 허공에 나풀거렸다.

"도사들은 돈보다는 도에 더 관심이 많을 줄 알았는데 그게 아닌 모양이군요?"

무영은 다시 질문을 던졌다.

복면이 잘려 나가고 서로 면면을 마주하게 되자 청영자는 긴 한숨을 내쉬었다.

"돈이면 귀신도 부리지."

"귀신을 부려서 무엇을 하려고?"

"그것까지는 네놈이 알 필요 없다. 어차피 죽어야 할 놈. 이 자리에서 죽어주면 그만이다."

청영자가 다시 검을 휘둘렀다.

쨍!

묵륜과 부딪친 검에서 불똥이 튀었다.

불똥이 밝힌 주변에서 무언가를 본 청영자의 눈이 크게 찢어졌다.

"너희는?"

청영자의 목소리가 벼락을 맞은 듯 크게 터져 나왔다.

불똥과 함께 순간적으로 밝아진 시야 속으로 저만치 떨어진 곳에 앉아 있는 제자 이인경의 파랗게 질린 얼굴이 눈에 들어온 것이다. 그녀는 점혈이라도 당했는지 꼼짝도 않고 자신만 쳐다보고 있었다. 그녀 옆에는 도상문이 바닥에 드러누워 있었다.

"언제부터 이곳에……?"

청영자의 목소리가 떨려 나왔다.

"당신이 녹림도와 협상을 하고 미행자를 쫓아간 뒤부터라더군요."

무영이 답했다.

저만치서 다시 두 사람이 모습을 드러냈다.

화연옥과 지상학이었다.

"공자님 예상대로였어요. 이자도 자기 사부와 같이 배신자였어요. 사부가 부상을 당했다는 말을 듣자마자 이곳으로 곧장 달려왔어요. 장소를 알려주지 않았는데도 말이죠."

화연옥은 바닥에 쓰러져 있는 도상문을 쳐다보며 말했다. 그는 화연옥과의 대결에서 호되게 당해 아직도 혼절한 상태였다.

"역시 제자는 사부를 잘 만나야 하지."

무영은 고개를 끄덕이며 청영자를 쳐다보았다.

청영자의 표정이 지옥의 야차처럼 일그러졌다.

그동안 온갖 고생을 다 하며 자금을 모으고 준비를 했다. 그 자금으로 다음 대의 장문인 자리를 차지할 생각이었다. 그런데 이런 거지 소굴에 와서 그것이 모두 수포로 돌아가려 하고 있었다.

"모두 죽여 없애 버리겠다!"

매화이십사검의 기수식을 펼친 청영자의 눈에서 불같은 살기가 일어났다.

"검을 좀 빌립시다, 화 소저."

무영은 화연옥에게서 검을 건네받았다.

여인의 검이라 조금 가벼운 감은 있었지만 무영에게 있어 그런 건 아무 상관이 없었다.

"다른 건 몰라도 매화검은 좀 알지요. 내 문파의 조사님께 서 해석한 매화검은 어떤 것인지 언제 한번 제대로 평가받고 싶었는데 잘됐군."

무영이 손에 든 검을 휘리릭 한 바퀴 돌리며 앞으로 나섰 다.

第八十四章

태동(胎動)

장흥관일

차가운 입김으로 세상을 호령하던 동장군도 계절의 순환
에 서서히 밀려나고 온 세상을 덮었던 눈도 완전히 녹았다.
　눈이 녹자마자 중원 전역에는 폭설보다 더 강력한 존재들
이 길을 막았다.
　작년 가을쯤에 우두머리가 바뀌어 버린 장강수로타와 녹
림십팔채가 그들이 근거지로 하는 수로와 산로(山路)를 모조
리 틀어막아 버린 것이다.
　산로와 수로 근처에 진을 치고 산적질과 수적질을 하는 것
은 산적과 수적의 태생적인 본업이기에 때로는 노략질을 하
고 때로는 통행세를 받아 살아가지만, 그 길을 완전히 틀어막

는 법은 단연코 없었다.

그랬다간 그들 역시 존재할 수 없었다.

그런데 이번에는 그런 일이 벌어졌다.

눈이 녹고 길이 열림과 동시에 산적과 수적들이 이유 막론하고 물길과 산길을 완전히 봉쇄해 버린 것이다.

급한 표물을 운송하던 하남의 성화표국(聲華鏢局)에서 통행세를 두 배로 올렸다가 나중에는 다섯 배까지 올렸다. 그러나 녹림십팔채 소속인 적운채(赤雲寨) 산적들은 길을 열어주지 않았다.

결국 전면전이 벌어질 수밖에 없었다.

평소 엇비슷한 전력을 가졌다고 여겨졌던 성화표국과 적운채였다. 그런데 전면전을 벌이고 보니 적운채의 일방적인 승리였다.

성화표국은 표두 열 명과 칠십 명의 표사들이 죽거나 병신이 되었다. 그야말로 표국의 존망이 위태로운 상황이 되어버린 것이다.

성화표국주 이태성(李太星)은 자신이 가진 재산의 반을 내놓고 인근 정도 문파인 화양문(和陽門)에 복수를 의뢰했다.

마침 문파의 세력 증강을 위해 고군분투하던 화양문주 정상덕(鄭像德)은 문파의 전 전력을 이끌고 적운채를 토벌하러 나섰다.

예전에 비해 전력이 월등히 높아진 적운채였지만 표국과는 비교할 수 없는 화양문에는 상대가 되지 않았다. 결국 적운채는 이틀간의 사투 끝에 전원이 몰살당하고 산채 문을 닫았다. 그리하여 성화표국은 복수를 하고 화양문은 하남 땅에서 그 이름을 드높이며 문파를 키울 기반을 마련했다.

그러나 그것은 오일천하로 끝나고 말았다.

적운채의 몰살을 문제 삼은 녹림십팔채의 채주가 인근 녹림도들에게 철저한 복수를 명했다.

사건의 시발은 산로를 틀어막은 그들에게 있었지만 그런 상식적인 책임론은 통하지 않았다. 그들은 분란의 구실을 마련하려 했고, 그런 구실이 만들어지자 기다렸다는 듯이 분란을 일으킨 것이다.

적운채가 토벌된 지 닷새 뒤, 한밤중에 인근 녹림채 세 곳의 산적들이 성화표국과 화양문을 습격했다.

녹림이 산에서 내려와 성시에 자리 잡은 문파를 습격하는 일은 드물었다. 그래서 방심하고 있던 화양문과 성화표국은 벗어놓은 옷도 제대로 입지 못하고 거의 전멸을 당하고 말았다.

그 사건은 큰 파장을 몰고 왔다.

더 이상 정도의 문파들도 신중을 기할 수가 없었다.

평소 화양문과 친분이 있던 다른 정도 문파들이 빠르게 결집했고, 그에 따라 흑도 문파들도 녹림을 지지하며 하나로 세력을 모아갔다.

그것이 시작이었다.

흑도에서는 예상보다 몇 배는 더 강해진 무공으로 그동안 고개를 숙였던 정도 문파를 공격했고, 정도 문파에서는 예전과 다르게 공격을 당하자마자 분연히 일어서는 사람들이 생겨나며 흑도와의 전쟁을 부추겼다.

그런 식으로 중원 전역에서 싸움이 벌어지며 점점 흑백 양쪽의 전면전으로 확대되기 시작했다.

                    *   *   *

"결코 예전의 흑도가 아니야."

안휘성 남궁세가의 한 실내에서 굵직한 중년인의 음성이 울렸다.

현 남궁세가의 가주 남궁유찬(南宮柳燦)이었다.

온 중원이 전쟁의 분위기에 휩쓸려 가는 지금 중원제일세가라 할 수 있는 남궁가라고 자유로울 수가 없었다. 만약 흑백 양측의 대규모 전쟁이 발발하면 남궁세가는 가장 큰 역할을 분담할 것이기에 그들은 다른 어느 세가보다 더 민감하게 촉각을 곤두세웠고 여러 경로를 통해 정보를 수집하며 사태를 파악해 나가고 있었다.

"그렇습니다. 놈들의 무공이 예전에 비해 몇 배는 높아졌습니다."

청년의 음성이 들렸다.

남궁유찬의 아들이자 남궁가의 소가주인 남궁상진(南宮常鎭)이었다.

"뿐만 아니라 지극히 패도적이고 잔인한 기운이 넘쳐 납니다. 예전의 흑도에서는 상상도 못할 그런 무공을 펼치고 있습니다."

남궁유찬의 바로 아래 동생인 남궁유현(南宮柳絃)이 고개를 끄덕이며 남궁상진의 말에 동조했다.

"그 무공의 근원이 어디라 생각하는가?"

남궁유찬이 한 중년인을 보고 물었다.

남궁유찬의 시선을 받은 중년인은 잠시 생각을 정리하는 듯 허공을 응시했다.

문사건을 단정하게 머리에 두른 중년인은 남궁가의 두뇌라 할 수 있는 남궁유백(南宮柳栢)으로 남궁유찬의 막냇동생이었다.

"마교입니다."

남궁유백은 간단히 답했다.

"마교?"

"마교라니?"

이곳저곳에서 놀란 외침이 터져 나왔다.

"마교는 몇 년 전에 무황성에 의해 모두 무너지지 않았소?"

가신들 중 누군가가 인정할 수 없다는 투로 목소리를 높였다. 그의 말대로 운남성 일대에서 싹을 틔우던 마교는 무황성에 의해 모조리 도륙되고 뿌리마저 뽑혀 버렸다. 그래서 마교에 대해서는 조금도 신경을 쓰지 않고 있었던 것이다.

"그것이야 어찌 되었든 지금 선봉에 서서 정도 문파들을 무너뜨리고 있는 흑도인들이 펼치고 있는 무공은 마교에 뿌리를 두고 있습니다. 교묘하게 변형되어 마교의 흔적을 지워 버렸지만 그 뿌리는 마교가 확실합니다. 그러지 않고는 이렇게 빠른 시일 내에 흑도의 무공이 몇 배로 높아질 수는 없습니다."

남궁유백은 확신 어린 어조로 자신의 의견을 피력했다.

"그럼 그때 다 무너지지 않았다는 말인가?"

남궁유현이 물었다.

"그건 알 수 없습니다. 마교는 뿌리 한 가닥만 남아 있어도 되살아나는 잡초 같은 생명력을 가졌으니까요."

남궁유백이 답했다.

"결국 마교였단 말인가? 마교가 이 모든 분란을 조장하고 있단 말인가?"

누군가 탄식을 하듯 말했다.

"꼭 그렇다고 볼 수는 없습니다."

남궁유백이 다시 말했다.

"그건 또 무슨 말인가?"

"마교라면 자신들의 무공을 그렇게 교묘히 변질시켜 펼치지 않습니다. 또한 마교의 무공이라는 것을 알았다면 아무리 녹림도라도 선뜻 받아들여 익히려 하지 않았을 겁니다. 그랬다간 무림의 공적이 되는 것은 뻔한 일이니까요."

남궁유백은 이번에는 무척이나 신중한 표정과 함께 답했다.

"그렇다면 누군가 다른 세력이 마교의 무공을 변질시켜 흑도에 퍼뜨리고 이런 일이 일어나게 배후 조종을 하고 있단 말인가?"

남궁유찬과는 사촌지간인 남궁유건(南宮流建)이 형형한 눈빛과 함께 질문을 던졌다.

"그건 어디까지나 가능성을 말씀드린 것입니다. 너무나 빠르게 사태가 번져 그 어느 것도 확실한 증거를 수집하지 못했습니다. 보름 정도만 더 있으면 어느 정도 확신 가능한 정보와 증거들을 모을 수가 있습니다."

남궁유백은 신중한 음성으로 답했다.

"보름이라……."

남궁유찬이 눈 사이를 좁히며 되뇌었다.

"그럼 그건 그때 듣기로 하고, 우선 중원 전체의 상황에 대해 개략적으로 들려주세요. 하루가 다르게 판도가 바뀌고 있으니 오늘은 또 어떻게 변해 있을지 모르겠어요."

꾀꼬리 같은 음성이 무겁게 내려앉은 장내의 분위기를 한순간 밝게 만들었다.

남궁유찬의 딸인 남궁상아(南宮常娥)였다.

올해 스무 살이 된 그녀는 가문의 대소사에 참석할 자격을 부여받았다. 이젠 가문에서 공식적으로 성인 대접을 받는 것이다. 그것이 한없이 자랑스러운 그녀는 열성적으로 가문 회의에 참석하며 발언권도 높이고 있었다.

"열흘 사이 또 어떻게 변했는지 간단히 설명해 보게."

남궁유찬이 고개를 끄덕였다.

"현재 중원 한복판이라고 할 수 있는 하남, 하북, 호남, 호북은 모두 비슷한 상황으로 치닫고 있습니다. 그리고 머지않아 이곳 안휘성은 물론 강소, 섬서성도 중원 복판의 상황에 고무된 흑도 세력들로 인해 분쟁에 휘말리게 될 것으로 보입니다. 녹림과 장강수로타가 산로와 수로를 막고 선두에 섰지만 그 뒤로 모든 흑도 세력들이 그들에 동조하고 있으니 조만간 그렇게 될 것입니다."

"젠장!"

"이놈들이 호랑이 간을 삶아 먹었나?"

고함 소리가 높아졌다.

"대체 어디에서부터 잘못되어 이런 일이 벌어진 것이란

말인가? 중원 한복판에서 이런 일이 발생하다니 어이가 없군."

누군가 기가 막힌다는 음성으로 말했다.

"중원 복판에서는 너무 갑작스러운 상황이지만 발단은 몇 달 전이었습니다."

남궁유백이 화답했다.

"몇 달 전?"

이곳저곳에서 웅성거리는 소리가 들렸다.

"최초의 시작은 사천성에서였습니다. 분지 속에서 일어난 일이라 소문이 좀 늦게 퍼진 셈이지요. 흑도와 정도의 한 문파가 사소한 충돌을 벌이고 그것이 확대되면서 흑도와 백도의 대규모 분쟁이 벌어지게 되었지요. 그곳에서 일어난 일은 이곳과 너무 흡사해서 마치 분지 속에서 연습을 한 것이 아닌가 하는 생각이 들 정도입니다."

"연습이라니? 예행연습이니… 그런 것 말인가?"

남궁유현이 목소리를 높였다.

"그렇습니다. 지금 중원에서 벌어지고 있는 일은 사천성에서 두어 달 전에 일어난 일과 너무 흡사합니다. 형님의 말씀대로 그곳에서 예행연습을 하고 이곳에서 실전을 벌이는 것이 아닌가 하는 생각이 들 정도입니다."

남궁유백이 날카로운 눈빛과 함께 답했다.

남궁가의 최고 두뇌인 그는 언제나 남들이 미처 생각지 못하는 시각으로 분석을 했고, 그것은 남궁가가 다른 세가들에 비해 한발 앞서 나갈 수 있는 원동력이 되었다.

"그럼 지금의 사천성을 보면 앞으로의 중원 상황을 미루어 짐작할 수 있다는 말인가요, 숙부님?"

남궁상아가 눈을 반짝거리며 물었다.

"글쎄. 초기에는 그렇지만 시간이 지날수록 변수가 너무 많아 예측이 힘들지. 굴뚝 연기나 강에 돌을 던진 후 생기는 물무늬의 궤적은 처음에는 일정하게 퍼져 나가 예측이 가능하지만 어느 정도 후에는 왕창 헝클어져 전혀 예측할 수 없는 경우와 같다고 할까."

남궁유백은 질녀의 질문이 대견하다는 듯 미소를 지으며 답했다.

"그 변수란 것이 무언가요?"

남궁상아가 다시 물었다.

"사천성에서의 가장 큰 변수는 파황문이 아닐까 예상하고 있어."

"파황문?"

"아! 하오문도들을 모아 만들었다는 그 문파 말인가요? 소림과 무당, 화산은 물론 호북성의 화씨세가까지 하객을 보냈다는?"

남궁상아는 소문을 들어 알고 있는 듯 빠르게 말했다.

"그래. 나도 처음에는 헛소문 같아 흘려들었는데 최근 들어온 정보에 의하면 사실로 확인되었어."

"대체 그곳이 어떤 곳이기에 숙부께서 그렇게 주시하고 있다는 말입니까?"

이번에는 남궁상진이 질문했다.

"정보에 의하면 그곳 문주의 무공이 예측을 불허한다고 하네. 이십대 중반을 넘지 않은 나이인데 자신의 키보다 더 큰 바위를 일 장에 두 동강 내고 그것을 한 손으로 집어 던졌다고도 하네."

"에이, 설마?"

남궁상아가 이맛살을 찌푸리며 고개를 저었다. 그게 사실이면 내력 면에서는 부친을 능가하는 것이다.

"좀 지나보면 더 확실히 알게 되겠지. 어쨌든 그가 세운 파황문이란 곳이 어떤 행보를 하느냐에 따라 사천성의 판도는 달라질 것 같군. 소림과 무당 등이 하객을 보낸 것으로 보아 흑도는 아닌 것 같으니 일단은 다행이라고 할까."

남궁유백의 눈이 먼 곳으로 향했다.

"숙부님!"

밖에서 바쁜 발소리가 들리고 누군가 실내로 들어섰다.

남궁유현의 아들 남궁도문(南宮度準)이었다. 그는 차세대의 남궁가를 대표할 두뇌로 현재는 남궁유백을 도와 정보의 분석과 파악, 분류하는 등의 일을 하고 있었다.

"재미있는 정보가 하나 들어왔습니다."

남궁도문이 서찰 한 장을 남궁유백에게 내밀었다.

"조금 전에 말한 사천성의 파황문이 그곳의 흑도연맹인 흑룡회를 장악했다는 소식이군요."

서찰을 읽은 남궁유백이 기대감 가득한 미소와 함께 말했다.

『장홍관일(長虹貫日)』 8권에 계속…

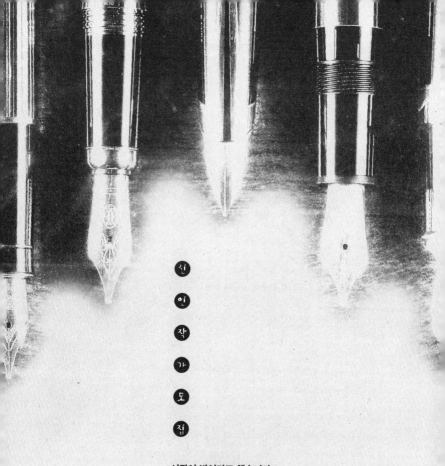

신
인
작
가
모
집

시작이 반이라고 했습니다.
작가의 길에 대한 보이지 않는 벽을 과감히 깨뜨리십시오!
청어람은 작가 지망생 여러분들의
멋진 방향타가 되어드리겠습니다.

저희 도서출판 청어람에서는
소설 신인 작가분들을 모집합니다.
판타지와 무협을 사랑하시는 분들의 많은 참여를 바랍니다.
소정의 원고(A4용지 150매)를 메일이나 우편으로 보내주시면
검토 후 출판 여부를 알려드리겠습니다.

주소: 경기도 부천시 원미구 심곡2동 163-2 서경B/D 2F 우편번호 420-822
TEL: 032-656-4452 · **FAX**: 032-656-4453
http://**www.chungeoram.com**
e-mail: chungeoram@chungeoram.com

十變化身
십변화신

조종호 新무협 판타지 소설

"너는 죽는다."

"……!"

뇌서중은 자신도 모르게 번쩍 고개를 치켜들어 뇌력군을 올려다봤다.

"다시 말해주랴? 난호가 망혼곡에 들어가면 네놈은 반드시 죽는다."

비밀에 싸인 중원 최고의 살수문파 망혼곡(忘魂谷).
그곳에서 십 년 만에 돌아온 화사평은 기억을 지우고
평화로운 삶을 꿈꾸지만,
주위엔 가문을 위협하는 자들이 존재하고 있었으니……

그의 손엔 망혼곡 삼대기문병기
용편검(龍鞭劍), 명혼기수(冥魂起手), 엽섬비(葉閃匕).
얼굴엔 서로 다른 열 개의 괴이한 가면.

망혼곡주 십변화신! 그가 일으키는 폭풍의 무림행!

유행이 아닌 자유추구 -
WWW.chungeoram.com
Book Publishing CHUNGEORAM

임준후 新무협 판타지 소설

鐵山大公
철산대공 ①
鐵山大公
철산대공 ②
鐵山大公
철산대공

「철혈무정로」, 「천마겁엽전」의 작가 임준후!
그가 태산처럼 거대한 남자의 이야기로 돌아왔다!

"네가 좋아하는 방식대로 살 거라.
지금까지처럼 마음이 가고 몸이 가는 대로!"

스승이 남긴 말을 가슴에 새기고 중원으로 나온 강산하.
고향으로 향하는 귀로에 하나둘씩 인연이 모여들고
어느새 그의 걸음마다 무림의 판도가 바뀌기 시작한다.

태산처럼 굳세게
산들바람처럼 유유자적하게
흔들리지 않고 올곧게 자신의 길을 걸어간
의협 철산대공 강산하의 가슴 묵직한 일대기!

Book Publishing CHUNGEORAM

용호객잔
龍虎客棧

설경구 新무협 판타지 소설

낙양 변두리에 위치한 허름한 용호객잔.
폐업 직전까지 몰렸던 용호객잔에 복덩이,
천유강이 저절로 굴러 들어왔다.
그런데… 이 객잔 좀 수상하다?

독문병기는 낡은 주판, 중원상왕을 꿈꾸는 객잔주인, 용사등.
독문병기는 마른 걸레, 끔찍이 못생긴 점소이, 용팔.
독문병기는 식칼, 긴 독수공방 끝에 요리와 혼인한 숙수, 장유결.
독문병기는 이 빠진 도끼, 사연 많은 남장여인, 문우령.
독문병기는 얼굴, 기억을 잃어버린 절세미남 신입 점소이, 천유강.

"중원의 상왕이 되리라!"

현실감각이라고는 찾아보기 힘든
용사등의 허황된 선언이 천하를 혼란에 빠뜨린다.
바람 잘 날 없는 용호객잔의 평범한(?) 일상에
중원의 이목이 집중된다.

Book Publishing CHUNGEORAM

각사 新무협 판타지 소설

소년은 오직 소녀를 위하여 검을 들었다
가슴에 담긴 지키고자 하는 뜨거운 열망.

"이제는 지킬 것이다."

단 하나 남은 소중한 인연, 무유화를 지키러
악의에 휩싸인 무림을 수호하기 위하여
윤, 세상에 서다!

그의 용혈검이 떨치는 무상류와 구천류가
모든 악을 쓸어내리라!

**지키는 자!
수호무사 윤, 그를 기억하라.**

Book Publishing CHUNGEORAM

유행이아닌 자유추구 -
WWW.chungeoram.com